湖区蛇影

（英）米雪儿·佩弗 著

于宥均 译

中国和平出版社

图书在版编目（CIP）数据

湖区蛇影 /（英）佩弗著；于宥均译. —— 北京：中国和平出版社，2012.6
（狼兄弟系列）
ISBN 978-7-5137-0326-0

Ⅰ.①湖… Ⅱ.①佩…②于… Ⅲ.①儿童文学—长篇小说—英国—现代 Ⅳ.①I561.84

中国版本图书馆CIP数据核字（2012）第095128号

CHRONICLES OF ANCIENT DARKNESS BOOK 4:OUTCAST
AUTHOR:MICHELLE PAVER
Copyright:©2007 BY TEXT BY MICHELLE PAVER,ILLUSTRATIONS BY GEOFF TAYLOR
This edition arranged with ORION CHILDREN'S BOOKS LTD
through BIG APPLE AGENCY, INC., LABUAN, MALAYSIA.
Simplified Chinese edition copyright:
2012 China Peace Publishing House Co., Ltd
All rights reserved.

中国版权登记号：图字：01-2012-0501

湖区蛇影

（英）米雪儿·佩弗 著　　于宥均 译

出 版 人：肖　斌
责任编辑：杨　隽　　杨　光　　张春杰
美术编辑：杨　隽
责任印务：宋小仓　　曲利华

出版发行：中国和平出版社
社　　　址：北京市海淀区花园路甲13号院7号楼10层（100088）
发 行 部：（010）82093738　82093737（传真）
网　　　址：www.hpbook.com
投稿邮箱：hpbook@hpbook.com
经　　　销：新华书店
印　　　刷：北京中印联印务有限公司
开　　　本：690毫米×960毫米　1/16
印　　　张：17.5
字　　　数：123千字
版　　　次：2012年7月第1版　2012年7月北京第1次印刷

ISBN 978-7-5137-0326-0　　　　　　　　　　定价：29.80元

致中国读者

亲爱的中国读者们：

首先，我想热切欢迎你们进入到我的世界！

从十岁开始，我就非常向往石器时代的生活：拿着弓箭去打猎，披着鹿的毛皮取暖，用树枝搭建营帐。而我最想拥有的，是一只狼。

《狼兄弟》实现了我的所有愿望。这个故事是有关石器时代的野狼和无边森林，以及深懂狩猎之道的勇敢人民。在此，我身上披着鹿皮，嘴里咬着鹿肉，夜里听见野猪和野狼的嚎叫，并和一只熊进行胆战心惊的对峙。

我深信当你阅读这本书的时候，你将宛如身临其境，与托瑞克和小狼同在那远古的年代。所以，我亲爱的读者，尽情享受这一趟冒险之旅吧！

第一节

毒蛇沿着河岸滑行，光滑的蛇头靠在河面上，托瑞克在离它几步远的地方停下，让它喝水。

他的两个手臂痛个不停，那是因为他正扛着红鹿角的缘故。于是他把红鹿角放到一边，蹲在蕨丛里，留神观察。蛇一向聪明，知道许多秘密。也许这条蛇可以帮他解开他的秘密。

毒蛇悠哉悠哉地小口喝着水。它抬起头，凝视着托瑞克，舌头往外轻弹，尝着他的气味。接着它把身子利落地向后盘卷，消失在羊齿丛中。

它什么暗示都没给他。

但你不需要任何暗示的，你知道接下来该怎么做，告诉他们就是了。他困倦地对自己说。一回到营地马上开口，就说："芮恩、芬·肯丁，两个月前，发生了些事，有人抓住我，有人在我的胸口上留下一枚标记，所以现在……"

不，那根本没什么用，他完全可以想见芮恩的表情。"我是你最好的朋友啊，而你居然骗了我**整整两个月！**"

他把头埋进双手之中。

过了一会儿，他听见窸窣的声音，抬头一看，猛然发觉河对岸站着一头驯鹿。它以三只脚站着，暴怒地用一只后蹄刮擦着它新长出来的鹿角。意识到托瑞克并非在狩猎，它继续擦刮——鹿角流血了，那儿肯定痒得难受，制造疼痛成了唯一的解脱。

那便是我该做的事了，托瑞克心想。偷偷地切下来，让它痛，永远没必要让任何人知道。

麻烦的是，虽然他可以动手这么做，但还是没用。若想除去身上的图腾，他一定要完成特有的仪式。这是从芮恩那儿听来的，他当时是拿芮恩手腕上那枚之字形的图腾做幌子，拐弯抹角打听到的。

"如果你没完成仪式，标记马上就会回来。"她告诉他。

"它们会回来？"托瑞克吓坏了。

"当然！你无法看见它们，它们深入骨髓，一直都在。"

6

结果就是这样，除非他有办法让她把仪式的事说给他听，同时又不让她怀疑为什么他想知道。

驯鹿焦躁地抖动了一下，小步跑入森林。托瑞克拿起鹿角，回头朝营地走去。能找到这么多鹿角真的很幸运，族里每人一份绝不成问题；它们非常适合拿来做钓鱼钩和敲开打火石的榔头，芬·肯丁一定会很高兴。托瑞克竭尽所能，让心思专注在这些事情上。

根本一点用都没有。直到现在，他才终于明白，一桩秘密可以孤立一个人到什么地步。他无时无刻不在想这件事，即便与芮恩、狼一起狩猎时也在想。

这会儿才刚进入"鲑鱼洄游之月"，一阵急促的东风，满是浓浓的鱼味。托瑞克走在松树林下，他的靴子发出嘎吱嘎吱的响声，那是因为啄木鸟撒了满地的树皮屑。在他左边，长期桎梏在冰下的绿河潺潺不休，他的右边，是一座伸向断山的岩壁。岩壁有些部位伤痕累累，有氏族曾在那儿开凿能为狩猎带来好运的红色石板。他听到石头碰石头的铿锵声，有人正在那儿采石。

那才是我该做的事，托瑞克告诉自己，我该为自己做上一把新的斧头，我该做些什么才对？"不可以再这样下去了。"他大喊了一声。

"你说得对！"有个声音说，"不可以。"

他们蹲在离他上头十步远的一片岩架上，是四个男孩和两个女孩，正愤怒地瞪视着下方。野猪族人留着一头齐肩的棕发，前额一排刘海，脖子上挂着野猪的獠牙，肩上披着坚硬的皮制斗篷。柳族人则穿着紧身背心，编织的树皮螺旋状地缝在衣服上，刺在额上的三片黑叶图腾，看起来好像永远都在皱眉。他们个个年纪都比托瑞克大，男孩蓄有少许胡须，底下的女孩们，氏族图腾上有道短短的红条纹，表示她们已经成年。

他们一直在这儿采石，托瑞克看见他们的鹿皮衣上落有岩屑，他发现在他前方不远处，有个树梯被他们放在岩壁边，好爬上那片岩

架，不过这会儿，他们已不再对石板感兴趣。

托瑞克用力瞪回去，希望自己没露出惊慌的神色。"你们想干什么？"

野猪族领袖的儿子阿奇，把头朝着鹿角一甩。"那些是我的，放下来。"

"才不是！它们是我找到的。"托瑞克把弓往上提到肩上，又摸了摸那把蓝色石板刀，提醒他们他有武器。

阿奇无动于衷地说："它们是我的。"

"这句话的意思就是，它们是你偷来的。"其中一个柳族女孩说。

"如果真是这样，"托瑞克对阿奇说，"照理你应该在它们上面留下标记，那样我就不会去动它们了。"

"我留了，在底部，是你把标记磨掉了。"

"我才没有。"托瑞克生气地回嘴。

接下来他就看到了他之前就该看到的标记：在其中一只鹿角底部，一颗野猪牙就画在那里。他的耳朵顿时发烫。"我之前没看到，我没有去磨它。"

"那就快把东西放下，离开这里！"一个名叫洛特的男孩说，比起大多数人，托瑞克觉得他还算是个讲道理的人，不像阿奇，满脑子只想打架。

托瑞克才不想给他这样的机会，他明快地说："好吧！是我错了，没看到标记，它们是你的。"

"你凭什么以为事情可以就这样算了？"阿奇说。

托瑞克叹了一口气。他以前就遇到过阿奇，十足的一个小霸王：对于自己领袖的地位毫无自信，老想用拳头来证明一切。

"你以为你有多特别？"阿奇不屑地说，"就因为芬·肯丁收留你，就因为你能和狼说话，就因为你是个心灵行者？"他用手指梳理着下巴上稀疏的胡子，像是想确定胡子还在。"事实上，你只能留在乌鸦族里，因为你自己的氏族根本不理你。芬·肯丁就是无法信任你，所以才不敢正式收养你。"

托瑞克愤恨地紧咬着牙。

他偷偷环视四方。河水太冷，无法游泳，况且河岸上还停着他们的独木舟，那表示，他若朝着上游跑是没有用的。但若照着他之前的路走，他又会被困在绿河和斧柄河交汇的盆口。周围找不到任何援手，芮恩在乌鸦族的营地——北岸——从这里往东大约要走上半天，狼在夜里就跑出去打猎了。

他把鹿角放下，对阿奇说："我说了，你可以把它们拿去。"然后沿着小径往前走。

"懦夫！"阿奇嘲笑地说。

托瑞克没理他。

一颗石子击中他的太阳穴，他转身面向他们。"到底谁是懦夫？六个对一个，这样就叫勇敢？"

阿奇刘海下那张国字脸一沉。"那就一对一吧，就你和我。"他迅速把背心一脱，露出长满浅红色胸毛的结实胸膛。

托瑞克一动不动。

"这是怎么啦？"一名野猪族女孩窃笑起来，"怕啦？"

"才不是。"托瑞克说，但其实他就是怕。他都忘记野猪族有这个交战前把上衣脱掉的习惯，可他不能脱，他们会看见那枚标记的。

"来吧！"阿奇大吼一声，从树梯上走下来。

"不行！"托瑞克说。

又一颗石子咻地朝他丢来，他一把接住石子，丢了回去。野猪族女孩痛喊了一声，紧抓着流血的小腿。

阿奇已差不多走到地面，他的伙伴们一窝蜂地跟在他身后，像是一群嗅寻蜂蜜的蚂蚁。

托瑞克抓起一只鹿角，迅速闪到一棵松树后，勾住离他最近的树枝，一个旋转，爬上了树。

"我们让他知道我们的厉害了！"阿奇大喊。

不，你们并没有，托瑞克心想。他之所以选这棵树，是因为它离岩壁最近，而且他已沿着树枝，爬到他们才刚离开的那片岩架上。那里堆满了用来锯石英的工具和石磨，一圈小营火，以及一只装有松脂的麋鹿皮桶，就放在热乎乎的灰烬里，以保持松脂的松软。他上方的坡面不算太陡，而且还有一丛杜松方便他攀爬。

他一边扔石子，一边闪躲他们扔来的石子，同时冲向树梯，用力一推。树梯没倒，有生皮绳把它和岩架牢牢绑在一起。没时间把皮绳切断了，于是他做了一件他唯一能做的事来阻止他们跟上。他一把握住皮桶，往梯子下方一倒。

一声暴怒的狂吼——托瑞克一惊，手上的桶掉了下去。阿奇的速度快到托瑞克还没看清楚，人已几乎够到岩架了。托瑞克并非有意，却已将热滚滚的松脂倒了他一身。

就像一只被刺中的野猪一样，阿奇狂吼着从梯子上滚了下去。

托瑞克吃力地抓着杜松树丛，硬是把自己拉到山脊上。

他穿过树林，拼命地朝东北方快跑，渐渐听不清楚他们的叫嚷了。他痛恨逃跑，但比起被人发现，他宁可被人说是懦夫。

又走了一会儿，坡度渐缓，这样他就可以一鼓作气冲下去，回到河边，避开氏族走的路径，只走他轻而易举就能找到的狼径。只要走到浅滩，他就能过到河对岸，折回乌鸦族的营地。纷争肯定避免不了，不过芬·肯丁一定会站在他这边的。

来到河岸的柳树林里，他停下脚步，胸口仿佛有个锯子锯得他喘不过气来。周围的树林已从绵长的冬眠中苏醒，蜜蜂在白杨花丛中飞东飞西，一只松鼠在一块有日光照射的空处打盹，尾巴缠在树枝上。浅水滩里，有只松鸦在洗澡。没什么人影出现，若有，森林应该会警告他。

他放松地抖了抖身子，靠在一棵树上。

他把手伸到背心领口，触摸胸口处那枚图腾。

蛇族巫师的轻声细语出现在他脑中：**"这个标记就像刺入海豹皮肤的鱼叉，只要我轻轻一拉，你就会被牵引出来，无论你怎么抵抗，你永远别想摆脱我们……"**

"我会摆脱你们的！"托瑞克喃喃地说，"我会的。"

然而，当他在冬天狂风暴雨的日子里夜不成眠时，他曾感觉到那枚标记在灼烧他的皮肤。他好害怕，不知它会作出什么邪恶的事情，不知它会逼使他作出什么邪恶的事情。

南边某个地方，传来狼嗥。他捉到了一只野兔，于是便把他的快乐唱给森林、他的狼兄弟，以及所有听得到的人听。

听到狼的声音，托瑞克的心里轻松多了。狼好像一点也不在乎他的图腾，森林也是，它明明知道，可它一直没有将他驱逐出去。

松鸦飞起来，洒下细小的水滴，一时间，托瑞克出神地望着它飞。然后他强迫自己不要再靠在树干上，要继续跑。他离开了柳树林，结果阿奇故意用头朝他胸口一撞，害得他趴倒在地上。

这个野猪族男孩让人几乎认不出来。发红的双眼在黑黑黏黏满是松脂的头上闪着怒光，浑身散发着松脂的腥臭，以及暴怒的恶气。

"你敢整我！"他大吼大叫地说，"你竟敢在大家面前整我！"

托瑞克挣扎着起身，他把身子翻回前面。"我不是故意的！我根本不知道你在那里。"

"鬼才相信。"阿奇挥着斧头，砍向托瑞克的小腿。

托瑞克赶忙跳开，侧身朝阿奇拿斧头的手一踢，阿奇的斧头松落，他于是又抽出刀来，托瑞克也抽出他的刀，两人对峙地绕着圈圈走。

托瑞克的心怦怦狂跳，他努力回想着爸爸和芬·肯丁曾教过他的各种战斗技巧。

阿奇毫无预警地扑了过来，只差一点点就击中了托瑞克。托瑞克

11

朝他的肚子猛踢，又出拳痛击他的喉咙。阿奇喘不过气，倒了下来，紧抓着托瑞克的背心不放。领口扯破了，阿奇一眼见到了它——刺在托瑞克胸口上的那枚标记。

时间好像是停住了一般。

阿奇松手放开了他，踉跄后退。

托瑞克立在原处一动不动。

阿奇看了看标记，又看了看托瑞克的脸。他在松脂下的脸，已被吓得惨白不堪。

他很快恢复过来，伸出一根手指，指向托瑞克的眉心。他举起手向旁侧作出切割的动作。托瑞克从没见过这种手势。

再然后，他一个转身，一溜烟跑开了。

阿奇一定是坐上了他的独木舟，拼了老命地划桨，因为当托瑞克在下午回到乌鸦族的营地时，这个野猪族男孩早已到了那里。当托瑞克一进到营区空地，他立刻就从乌鸦族人的沉默中猜到了。

唯一能听见的声音，就是风干的网架发出的嘎吱声，以及小河轻声的呢喃。和托瑞克住在同一座帐篷里的陶尔和他的女伴露姐，怔怔地盯着他看，仿佛他是一个陌生人。只有他们的儿子达里奔上前去迎接他，七岁的达里一直非常崇拜托瑞克。他父亲猛地将他拉往旁边。

芮恩突然从一座驯鹿皮帐篷里冲出来，飞扬着一头深色红发，涨红的脸显示着愤慨。

"托瑞克，你总算回来了！这一定是搞错了！我已经跟他们说了，这不可能是真的。"

在她身后，阿奇跟着他的父亲，即野猪族的领袖出现了。至于乌鸦族的领袖芬·肯丁则沉着一张脸，拄着他的手杖，走过营区空地。但他仍一如过去，沉静地说："托瑞克，我已经帮你跟他们担保说，这是不可能的。"

他们是这么这么地信任他，他会承受不了的。

野猪族领袖生气地朝着芬·肯丁瞪过去。"你这意思是在说我儿子撒谎吗？"他简直就是大一号的阿奇：一样的国字脸、一样好斗的拳头。

"不是撒谎，只是搞错了。"芬·肯丁回答。

野猪族领袖火大地昂起了头。

"我已经跟你说过了。"芬·肯丁说，"这孩子不是食魂者，他会证明给我们看的。托瑞克，脱下你的背心。"

"什么？"芮恩转向她叔叔，"你根本连想都不该。"

芬·肯丁看了她一眼，示意她安静，接着他对托瑞克说："快！就现在，把事情弄清楚。"

托瑞克环视一圈身边人的脸，当他父亲死去的时候，这些人曾收留他。他和他们一起生活了将近两年，他们渐渐接受了他。而现在，他就要结束这一切了。

他缓缓卸下弓和箭袋，把它们放在地上。他解开腰带，耳边嗡嗡作响，手指不再听他使唤。

他向森林祈祷，接着就把背心往上一拉。

芮恩张大了嘴，却什么声音都喊不出来。

芬·肯丁的手紧紧握着他的手杖。

"我早告诉你们了。"阿奇放声大喊，"那支三叉耙子，**我早告诉你们了**！他是一个食魂者。"

第二节

"你为什么没告诉我？"芬·肯丁的口气，即便是成年人都会感到不寒而栗。

"我想过。"托瑞克说，"可是我……"

"可是你什么？"

托瑞克压低了头。

营区空地只剩他们。野猪族领袖和他的儿子已经离开了这里，前去召集族人，众使者也都奉命被派到周围各氏族的营区。在阿奇冲进营帐之前，原本在刮驯鹿皮的芬·肯丁，现在又继续做起他之前停下的工作。这意思是叫其他族人也去干他们的活儿，不要打扰他和托瑞克。有的人外出去打猎，有的人带着鱼叉到上游抓鱼，就是不见芮恩的身影。

乌鸦族营区弥漫着诡异的静谧。托瑞克看见岸上停着一艘鹿皮做的独木舟；杜松丛上覆盖着一张树皮织成的网；在他周围，桦树林闪着青绿的亮光，树下的小树丛里五颜六色，绽放着蓝色的秋牡丹、黄色的立金花、银色的鱼鳞草。一片宁静，完全看不出之前曾有一场风暴降临。

他看见芬·肯丁用力地把鹿皮放在圆木段上，使劲把皮撑开来。只见这位乌鸦族领袖的前臂青筋暴起，平日里慎重沉稳的动作此时却粗蛮暴力。"如果你早告诉我，我们说不定可以想出什么方法。"

"我原本以为，我可以瞒着你，自己想办法把标记去掉。"托瑞克很清楚，他的声音听起来无异是在用谎言掩饰另一个谎言。

芬·肯丁拿起一根鹿的肋骨，凶猛地刮着上面的油脂。"你将那枚邪恶的标记带进了我的氏族。"

"我不是故意的！芬·肯丁！你一定要相信我！我试图抗争，可是他们人多势众。"

乌鸦族领袖猛地丢下刮刀。"可是你找出了他们！你靠得太近了！"

"我别无选择！当时狼被他们带走了！"

"啊！反正都有理由就是了！"他强大的愤怒使得托瑞克不自觉地后退。"你真是像极了你的父亲！我警告过他，劝他不要加入他们，可他就是不听。他说他们的出发点是想做善事，他一直把他们称作是'治疗者'，即便他们后来越来越邪恶。"他忽然停了一下，"到最后，他终究因此丧命，你母亲也是。"

托瑞克看见他嘴角纵深的皱纹，看见他湛蓝双眼里的痛苦。这都是他的错，是他伤了芬·肯丁，伤了这个他衷心敬爱的长者。

乌鸦族领袖继续干活。托瑞克闻着生鹿皮的腥臭，看着带血的油脂从肋骨边缘缓缓滴落。他想象有一把小刀划开他的皮肉，挖掉那枚食魂者的图腾。"我会把标记切除的。"托瑞克说，"芮恩说，这有一个仪式。"

"那仪式只有在满月的时候举行才有效力，现在是月缺，你错过这个时间了。"

突来的一阵狂风，闻起来有雨的味道，托瑞克一阵微颤。"芬·肯丁，我不是食魂者，这你知道的。"

刮刀的动作停了下来。"你要怎么证明这点？"他与托瑞克四目交接，他的眼中充满悲伤，惊恐远远超过了愤怒。"你难道不了解吗，托瑞克？我究竟相不相信你这并不重要，重要的是，你得说服其他人才行。这不是我能帮得上忙的，现在只有你自己的氏族可以出面为你担保。"

托瑞克心一沉。他虽是狼族人，可他的父亲一直带着他远离族人，他甚至连见都没见过其他族人。就算见过也寥寥无几。当狼族的巫师，也就是托瑞克的父亲，成为食魂者之一，狼族一直深以为耻。也就是从那时开始，狼族的行踪始终隐秘，虚幻幽暗、难以捉摸，俨然如狼一样。

托瑞克摸着那圈缝入背心的狼毛，尽管已破旧不堪，但却万分珍贵，因为那是爸爸为他准备的，也是他与氏族间的唯一联系。"我该怎么做才能找到他们？"他问。

"你找不到的。"芬·肯丁说，"除非他们想让你找到。"

"万一他们都不出现，万一他们根本不愿为我担保……"

"那我也无可奈何，只能遵照氏族法律，将你放逐。"

风势愈来愈强，桦树林将枝干高举起来，仿佛托瑞克已经被放逐了，所以它们万分惊恐就怕碰触到他。

"你知道那意味着什么吗？"芬·肯丁问，"被放逐。"

托瑞克摇了摇头。

"那意思就是，你将形同一具死尸，和所有人切断关系，像猎物一样被人猎捕。任何人都不可以向你伸出援手，包括我、包括芮恩。我们不能和你说话，不能给你食物。如果我们这么做了，我们就会同样被放逐。如果我们在森林里见到你，我们必须取下你的性命。"

托瑞克感到一阵寒冷。"可是我并没做什么事啊！"

"这是法律的规定。在很多个冬季以前，在发生了那场驱散食魂者的大火之后，氏族的长老就立下这条法律封锁他们，不让他们回来，并借此阻止有人再加入他们。"芬·肯丁说。

一阵微雨轻轻落在驯鹿皮上。"回你的帐篷去吧！"乌鸦族领袖头也不抬地说。

"可是芬·肯丁……"

"去吧！氏族会召开大会，长老们会作出决定的。"

托瑞克咽了一口口水。"那陶尔和露姐、达里怎么办？他们和我住同一座帐篷？"

"他们会另外搭建一座新的。从现在开始，别和任何人说话，待在帐篷里，等待氏族作出决定。"

"那要多久？"

"需要多少时间，就用多少时间。还有托瑞克……千万别想逃，那样只会让事情更糟。"

托瑞克目不转睛地盯着他瞧。"为什么那样会更糟？"

"那样本来就只会让事情更糟。"乌鸦族领袖说。

两天后，当芮恩终于前来看他，托瑞克才得知事情真相。

在那之前，他一直没再见过芮恩。他的帐篷口并没有正对营地，所以他几乎什么也看不到，除非他从帐篷皮缝间偷窥，又或是去方便。其他时候，他都只坐望着帐口前微小的火光，聆听氏族聚在一起的声音。

第二天稍晚，芮恩悄悄走到帐篷这儿，她脸色苍白，颧骨上蓝黑色线条的氏族图腾显得格外鲜明。"你应该告诉我的。"她冷冷地说。

"我知道。"

"你实在应该告诉我的。"她朝门柱一踢，整座帐篷摇晃起来。

"我本来以为我有办法偷偷地除掉它。"

她蹲在火边，激动地望着余火。"你骗了我整整两个月。别告诉我保持沉默不等于欺骗，因为那其实就是！"

"我知道！我很抱歉！"

她没回话。她的嘴角在冬天时曾长出一枚小小的雀斑，当时他还开她玩笑，故意问她那是不是桦树的树种，问她为什么不把它拍掉。他现在哪还敢逗弄她，他从没觉得这么糟糕过。

"芮恩。你一定要相信我，我不是食魂者。"他说。

"噢！你当然不是了！"

他倒抽了一口气。"那么，你能原谅我吗？"

她抠着手肘上的疥痂，出其不意地点了个头。

他顿时感到安心。"我还以为你不会原谅我呢！"

她继续抠着那枚疥痂。"谁没有秘密呢！托瑞克！"

"但没人有这样的一个秘密！"

"没错。"她声音听起来怪怪的，"没人有这样的一个秘密！"

接着她问了他一个问题，让他十分意外。她问他在他胸口上留下

标记的是哪一个食魂者？

"是舍丝露。为什么问？"

她扯掉疥痂，将指甲刺入皮下的伤口。"那其他的食魂者呢？他们在哪里？"

他咽了一口口水。"泰亚兹把我压在地上，蝙蝠族的巫师在一旁看，欧丝特拉……"想起鹰鸮族巫师像鬼一样苍白僵滞的面具，他不禁一阵寒战。"我没看到她。不过当时有一只鹰鸮，从冰丘上俯看……"

突然间，他好像又回到极北冰天雪地的黑暗中。他感觉到橡树族巫师强有力的控制，他看到蝙蝠族巫师弓成一团的巨大身躯站在一旁护卫，然后一眼瞥见那只鹰鸮之王张着橘色的目光瞪视着他。蛇族巫师舍丝露轻轻抹去那些手印，他目不转睛地凝望着湛蓝的天空，直到午夜来临。他看着她完美的嘴唇，诉说着他的命运，边说边将骨针一针又一针地往他皮下刺，最后抹上被杀害的猎物血污。**这个标记就像刺入海豹皮肤的鱼叉，只要我轻轻一拉，你就会被牵引出来……**

"托瑞克？"芮恩说。

他又回到了帐篷里。

"你打算怎么办？"

"那本是我最初就该做的事。我要切掉它，告诉我，怎么进行那个仪式……"

"不行。"她斩钉截铁地说。

"芮恩，你非告诉我不可。"

"不行，你没办法自己做这件事的，你不懂巫术。"

"我非试不可。"

"那好吧！我来帮你。"

"不行！你如果帮了我，你也会被放逐的。"

"我不在乎。"

"可我在乎。"

芮恩紧闭双唇，她有着超乎常人的固执。

他也一样。"芮恩，听我说。不久之前，因为我的缘故，他们带走了狼。也是因为我的缘故，狼还差一点丧命。正因为如此，我到现在都还不曾对他发出叫喊，因为他一定会想办法帮我，然后因此受到伤害。如果你也因为我的缘故而受到伤害……"他停了下来，"你得发誓，以你的弓和你的三个灵魂发誓，如果他们将我放逐，你绝不会对我伸出援手。"

营区空地一阵嘈杂，托瑞克看见乌鸦族巫师驼背的身影朝着他们晃过来。

"芮恩！"他急促地小声说，"为了我！快发誓！"

芮恩抬起头，深暗的眼中，跃起两道小小的焰火，她说："不要！"

"氏族大会已经开始了。"莎恩发出低哑如乌鸦的声音说，"长老们已经作出决定，芮恩，离开。"

芮恩扬起下巴。

"离开！"

无视于她的命令，芮恩转向托瑞克。"我说什么，我就会做什么。"说完这句话她才离开。

乌鸦族巫师叫托瑞克把东西收一收，然后待在帐门口等着，以一只干枯的手爪抓着手杖。她凹陷的双眼毫无同情地望着他，窥视灵界的一生，已彻底抽离了她的感情，让她不再像个活人。

"睡袋不用收。"她厉声说。

"为什么？"托瑞克问。

"放逐者将形同死尸。"

托瑞克腹痛如绞。在这之前，他一直都还抱着微乎其微的希望，以为芬·肯丁或许有办法救他。

下雨了，雨水落在皮帐篷的屋顶上，浇得营火生烟。他捡起最后一件物品，四下环顾。以前他很讨厌这座帐篷，他一直很不习惯乌鸦族在同一个营地待上三四个月的方式，不像他和爸爸，每隔几天就迁移到别的地方。现在，他怎么也想不到自己竟然就要离开，再也不能回来。

"时间到了。"莎恩说。

他跟在她身后，走到营区空地。

各氏族齐聚在主营火的周边，天色尚未暗下，但乌云让天色暗淡了许多。托瑞克很庆幸下了这场雨，这样大家就会以为他之所以发抖，只是因为冷，不是因为害怕。

众人腾出空间让他们通过，他模糊地看到几张映着火光的脸。乌鸦族、柳族、蛇族、野猪族，没有高山或冰地的氏族，也没有森林深处或海洋的氏族。这是属于森林旷野的大事。不知道他海豹族的亲人什么时候会得知这些消息，不知贝尔会怎么想？

阿奇始终保持在人群最前方的位置。沾在他皮肤上的松脂已经全洗掉了，但留下了红红的伤疤，他的头发不得不剪短，看起来就像是野猪身上的猪鬃。他的腰带上系了两把甩斧，腰后挂着一支桦树皮做的号角，一脸胜利的表情。显然，他迫不及待地想猎捕这个放逐者。

雨水轻轻落在火上，从空地边缘的树上滴落下来。雨水从芮恩的脸上滑落，看起来像是眼泪。不过那不可能是眼泪，因为芮恩不曾哭过。

芬·肯丁和其他氏族的长老一起在营火边等候，他面无表情，不看托瑞克。

莎恩一跳一跳地晃到芬·肯丁身边，正式对着各氏族郑重宣告："我是森林旷野氏族中年纪最长的人，我代表他们所有人说话。"她暂停了一下，"这个男孩身上有着食魂者的标记，律法规定得很清楚，他必须被放逐。"

"啊！"人群中冒出一声轻叹。

托瑞克跪下了双膝。

"等一下！"空地边缘有个男人大喊了一声。

所有人都转头看去。

托瑞克看见一个高大的身影走进火光里，落雨淋得他长长的黑发紧贴在颅骨上，只有两绺削薄的发丝还在太阳穴边。他眼里闪烁着怪异的黄色光芒，但他颧骨高耸的脸，却又令人感到不可思议的熟稔。

然后托瑞克看见他的氏族图腾，他顿时如坐针毡。两颊一对点状的虚线，皮外套左边一圈湿透的灰毛。

阿奇也曾看过这些记号。"不！"他大叫起来，"你们无法阻止了，长老已经说出决定了。"

高大男人目不转睛地瞪着阿奇，野猪族男孩不禁害怕地连连后退。

"你是谁？"托瑞克问。

高大男人转过身，目光落在他身上。"我叫莫西刚，我是狼族的领袖。"

第三节

他们无声无息地从树林中走出来，就像一群狼一样。

男女老少，全都只简单地穿着鹿皮，和森林融为一体。每个人的喉间，都挂有一枚闪闪发亮的生琥珀护身符，而且他们也和莫西刚一样，太阳穴边的头发全都削薄，涂上红土。当他们走进火光之中，托瑞克这才发现，他们眼白的部分是黄色的，就跟狼一样。

领袖似乎认出了芬·肯丁，远远地点了个头。不过他还是没有笑容，也没有把握紧的拳头放在胸前表示友好。这让托瑞克觉得，很像是看到一只带头狼，高高在上地审视着陌生人。

狼族其他人也都远远地作出状似敬礼的动作，只有一个女人除外，她对着芬·肯丁微微一笑，一时间年轻了起来。乌鸦族领袖立刻回礼，他把手放在心口上，向她鞠躬。托瑞克想起来，很久以前，芬·肯丁曾经寄住在狼族的营区。

"有人发现了你的信差石。"莫西刚对着乌鸦族领袖说，"你召唤我们是为了什么？为什么召唤我们到这样一个集会上来？"

"我需要你们来。"芬·肯丁平静地回答。

莫西刚走上前，高大的身材一目了然。他们彼此对视，狼族领袖率先把目光移开，他黄色的目光不经意瞥见托瑞克的氏族动物毛皮，随即回头问芬·肯丁："这人是谁？"

"狼族巫师的儿子。"

狼族人吃惊地倒抽了一口气，有人紧抓着护身符不放，有人则对着托瑞克作出手势，仿佛是在驱逐邪魔。

"你说的那个人，"莫西刚说，"是我们族里所曾有过的最伟大的巫师。他一个人只需几个心跳的时间就能成功化身为狼，可是他后来却成了食魂者。"他摸摸太阳穴，"因为他，我们背负了耻辱的印记。"

这话让托瑞克感到非常难受，他大声说："什么耻辱？我父亲粉碎了火焰蛋白石？他驱散了食魂者！难道这样都还不够弥补吗？"

莫西刚丝毫没有理会他。"我再问一次，芬·肯丁，你召唤我们是为了什么？"

芬·肯丁简短地把托瑞克怎么来到乌鸦族和他们同住，以及为什么他需要他的氏族出面，为托瑞克担保的事情都说给他听。为了证明托瑞克的身份，他还拿出托瑞克母亲留给他的鹿角药罐，以及托瑞克父亲生前所持有的蓝色石板刀。

狼族领袖安静地听着，但是当芬·肯丁把东西递向他时，他竟畏怯地后退。"把东西拿开，它们是不洁的。"

"不！不是！"托瑞克说，"它们是爸爸临死前留给我的东西！"

"托瑞克，够了。"芬·肯丁提醒着他。

方才微笑的女人走上前来，说："莫西刚，我们根本不需要什么证明，你只要看看那男孩的脸就知道了，他确实是狼族巫师的儿子。"

托瑞克从眼角的余光，看到芮恩欢欣地举起握紧的拳头。

"没错！"莫西刚说，"可问题是我没办法替他担保。"

托瑞克垂下头。

就连芬·肯丁也显得有些激动。"但是你一定要替他做，他是你的族人。"见狼族领袖没回话，他又说，"莫西刚，我了解这个孩子，他是被迫刺上标记的，他不是食魂者。"

莫西刚皱了皱眉："你误会了，我也不想这样，我刚才难道有说我不愿意替他担保吗？没有，我说的是，我没办法。这孩子确实是狼族巫师的儿子没错，可他并不属于狼族！"

一时之间，没人再开口说话。

"我当然属于狼族！"托瑞克大吼起来，"我出生的时候，我妈妈以我的氏族为我命名，就跟其他人一样，还有爸爸，他在我七岁时，为我刺上了氏族的图腾！"

"不！"莫西刚说。

他走近托瑞克，伸出手，用食指摸了摸托瑞克的脸颊。

托瑞克向后缩了一下。他嗅到狼族领袖身上有一股湿鹿皮的霉味，他感觉到那只长了茧的指头，正在探索他左脸上那道横切过氏族图腾的旧伤疤。

"不是狼族。"莫西刚喃喃说道，一双黄眼穿透了托瑞克的目光。**"没有氏族……"**

在一阵震惊的沉默之后，大家开始议论纷纷。

"你这说的什么话？"托瑞克大叫起来，"我是狼族的人！打从我出生那晚开始，我一直都是狼族的人！"

"那只不过是道伤疤而已。"芬·肯丁不满地说，"没有任何意义。"

"他怎么可能没有氏族？"芮恩激动地说，"哪有人没有氏族？那根本不可能！"

"莫西刚并没说错。"莎恩厉声说。

所有人立刻转过头看着她。

"那道伤疤并不是意外。"她郑重地对大家说，"这孩子的父亲是故意这么做的，为的就是要表示，他并不真属于狼族。"

"不是那样！"托瑞克冲口而出，"更何况，你又是怎么知道的？"

"是他亲口告诉我的。"乌鸦族的巫师说，"那次在海边开氏族大会时，他曾来找我。"她的目光坚定不移地迎向他的双眼，"这你是知道的，你当时也在那里。"

"不是那样！"托瑞克小声地说，可与此同时，他知道事情就是那样没错。

那时他才七岁，爸爸留下他和一群不断嘲笑他的小孩在一起，自己去找人说话，那人是谁，他就是不肯说。托瑞克从没见过那么多的人，他既害怕，却也兴奋，虽然他很不喜欢爸拿了些熊果汁涂在他脸上，说他们需要伪装，说这是一个游戏，但他还是好得意自己有着新刺上去的氏族图腾。

雨停了，树林悲伤地落着水滴。**没有氏族，**它们喃喃低语。

"怎么会这样？"芬·肯丁问。

"只有他的母亲知道答案。"莎恩说，"她在临死前，宣告了他没有氏族。"突然间，她用手杖撞了撞地面。"不过这不关我们的事，这改变不了什么，这个男孩没有氏族为他出面担保，依据法律，他必须被放逐出去。"

"不！"芮恩放声一吼，"我才不在乎他有没有氏族！这根本不公平！"

她跑向空地中间，湿淋淋的头发像无数小红蛇似地贴在脖子上，脸上表情异常激动。托瑞克觉得她看起来不只十三岁，而且非常美丽。

莎恩张开嘴巴，示意她安静，但是芬·肯丁举起手掌，允许她说话。

"你们都认识托瑞克的。"芮恩开始说，并目不转睛地盯着他们看，"你们认识的，陶尔，还有你，露姐，还有希亚拉克、波依、艾顿……"她一个个地叫出乌鸦族人的名字，然后又叫出两个月来曾遇见过托瑞克的其他氏族族人的名字。"你们都知道他曾为我们做过些什么。他消灭了那只熊，他去除了森林的恶疾。今年冬天，若不是他，我们早就被厉鬼入侵了。"

她停下来，让他们好好想想这些事。"没错，他是做错了。他本该把这事告诉我们，可他却把食魂者的图腾遮盖起来。但他没有错到该被放逐的地步！你们怎么能坐视这样的事发生？这里到底还有没有正义可言？"

芬·肯丁伸手抚摸暗红色的胡须，好些人的脸上出现疑虑，但莎恩仍未动摇，她再次用手杖击打地面。"氏族法律必须坚守！犯错的人必须被放逐出去！"她盯着芮恩，并绕着她的身子走。"而且不得

29

有任何疑虑，若是有人胆敢帮助他，他们将同样遭到放逐！"

芮恩怒目望向莎恩，没吭气，却也毫不服气。但托瑞克和她四目交接，摇了摇头。**千万不要，你这样只会让事情更糟。**

在这之后，关于这场放逐仪式，他就只记得一些片段，仿佛暴风雨中一闪而过的闪电，至于其他的事，就再也想不起来了。

芮恩紧握着拳头持续瞪着，肩膀直耸到耳际。

阿奇伸手摸了摸他的斧头。

露姐吞下泪水，拿出装有河泥的竹篮，好让大家在脸上涂上哀悼的标记。

"放逐者将形同死尸。" 莎恩吟诵着。

乌鸦族人一个个接过托瑞克的物品，将之摧毁，然后拿云杉枝净手，最后往火里一扔，就当他是真的死了那样地做着这些事。

陶尔把托瑞克的鱼叉埋在树下。

露姐把他的睡袋扔入火里。

达里扔的是他的野牛角汤匙。

艾顿用力踩踏他的桦树皮杯子。

希亚拉克和波侬拿起他的箭，啪的一声折成两半。

其他人拿了他的皮水袋，和他早已穿不下，只用来铺床的海豹皮冬衣，然后把它们给烧了。

最后是芮恩，她小心地把他的药袋放在余火中，她是唯一望着他眼睛的人。托瑞克知道，她很想说抱歉，只是她不能说。

渐渐地，营区空地到处都是皮革烧焦的臭味，莎恩命令托瑞克仰躺下来，接着便在他的前额刺上放逐者的标记：一个小黑圈，如死亡面具那样。

最后，他一个人站立着，身上除了他的弓、三支箭、他的刀、鹿角药罐和火种袋，其他一无所有。所有一切都涂上红土，像是有人死去那样。

芬·肯丁直到现在都还没参与仪式，但此刻，他走向托瑞克，双手微微发抖，从刀鞘中抽出刀来。

托瑞克全身绷得紧紧的。

这比他想象中的痛还更痛。乌鸦族领袖不发一语地砍下托瑞克背心里的氏族动物毛皮，把残破不堪的狼毛置入火里。

托瑞克紧咬着下唇，看着狼毛烧焦、冒烟。

"放逐者必须在天亮之前离开。"芬·肯丁说话的声音很平稳，但他眼中的泪光却透露出他说这话时心中的痛苦。"在那之前，他可以在森林里自由行走，在那之后，所有见到他的人，都必须将他杀死。"他停下来，举起手掌向两旁作出切割的动作，表示放逐"完成。"

托瑞克目不转睛地望着营火，这个已成过去式的男孩——狼族人托瑞克，他的最后遗迹在火中熊熊燃烧，在发亮的余烬中崩塌瓦解，最后随风而逝，无影无踪。

在他身后，一阵窸窣从人群中传来。他转身看去，惊讶地看到大家纷纷让出通道让什么通过。他看见莫西刚把手放在胸前，弯身对着来人鞠躬行礼，还发现狼族其他人的动作也都一样。

他明白了。

一只巨大的灰狼轻盈地踏入营区空地，银色毛皮上落雨成串，它有着琥珀色的眼睛，宛若清水中的阳光。

狗群逃逸无踪，所有人都往后退开，唯独芮恩没有，她甚至大胆地对着托瑞克点了个头。

当狼慢步走向托瑞克，托瑞克跪了下来。

若是在从前，狼一定会往托瑞克身上一跳，狂热地欢迎他；他会摆动脚掌，轻声哼叫地任意舔舐他的鼻子，用狼的方式吻得他透不过气。但今晚并没有，今晚，狼是来为他带路的，他眼里闪动着神秘的坚定，他偶尔会出现这样的眼神。

他们碰触彼此的鼻子，托瑞克简单地传送给狼一个问候的眼神，**"狼兄弟！"**他用狼的话语说。

他看见莫西刚挺直身子。他在心中对狼族领袖说，**没错，或许我不属于狼族，但是我却做得到你们做不到的事，我能够和狼说话。**

他站起身，然后他们一起——他和狼——齐步穿过人群，直走到空地边缘。托瑞克转身，看了这些将他放逐的人最后一眼。

"无论我是被放逐也好，"他对他们说，"没有氏族也罢，但我绝不是食魂者。我一定会找出法子，证明一切的。"

这是个又湿又冷的夜晚，托瑞克快跑穿过森林，狼一步不停地陪在他旁边。他们没有停下来休息；因为没有睡袋，托瑞克很可能会冻死。最好是不断地走，只不过这样一来，要思考事情就更加困难。

天色渐呈灰色，这时狼停下脚步，他竖直耳朵，耸起颈背的毛。"嗷呜！"他轻轻叫了一声，危险！

不久之后，托瑞克也听到了。远方传来桦树号角的声音，以及狗群不断的咆哮。

他的手握紧刀柄。

阿奇分秒必争。

第四节

狼听到狗群的咆哮，不屑地摇摇其中一只耳朵。它们哪有办法抓得到他？

不过它们很可能抓得到"无尾高个子"（狼眼中的托瑞克）。

就跟以前一样，他的狼兄弟用两条后腿奔跑，速度慢得可怜；狼还得停下来，等他跟上。再加上他的嗅觉和听觉都不是很好，若没有狼，他恐怕甩不掉那一群狗。

不过还好，他很聪明，有时候甚至比一只正常的狼还要聪明。他先是游过一条小河，掩盖他的气味；然后点着一堆树枝，把灰烬抹在他的脸上、手爪还有毛皮身上。狼不喜欢他那样，因为那会让他打喷嚏，不过他明白，为什么他非那么做不可。

他实在很希望"无尾高个子"可以跑得再快一点。

照风传来的气味来看，他们已辗转穿过树林，照着很久以前森林还很小的时候，狼群留下的踪迹追逐过去。咆哮声消失了，狼竖起尾巴，告诉他的狼兄弟，追赶者现在正在后面很远的地方。

他们不断往前走。

地面的石头愈来愈多，他们爬上一道山坡，山上警戒的松树发出鼓舞的呢喃。"无尾高个子"脚底一滑，四散的圆石正好打在狼鼻子上。狼超过他往前快跑，紧接着就想到他跑得太远了，然后就又赶快往后跑，因为"无尾高个子"才是带头狼啊！

"无尾高个子"脱下他的海狸皮前爪，用他光秃秃的肉掌攀爬。狼常见他这么做，只是他还是搞不太懂。"无尾高个子"的脚爪真是太奇怪了！他后脚爪的趾头又短又硬，一点用也没有，可是他前脚爪的指头却非常地长，而且可以抓得很牢。狼赞叹地看着他的狼兄弟用前脚爪抓住杜松的枝干，用力往上一抬，爬上山坡。

突然间，"无尾高个子"不见了。

狼警觉地隆起背脊。

后来他看见原来是他的狼兄弟发现了一个"洞"，就藏在杜松后面，那儿闻起来有松貂和鹰的味道。狼发出一声狼嗥，表示反对。**不要这里！**在冰原的时候，那些坏无尾曾经把他关在跟这很像的洞里面。

"无尾高个子"趴在地上气喘连连。若是他有一条尾巴的话，那条尾巴肯定垂得低低的。真希望他不需要这么多的休息！

然后狼想起来自己还是只幼仔的时候，也是需要很多的休息，那时候"无尾高个子"都用他的前脚爪带着他走。狼觉得好难过，就用身子磨了磨他的狼兄弟，并且舔他的耳朵。"无尾高个子"不断发抖着，狼嗅到痛苦和生气，并且掺杂了寂寞和恐惧。

怎么会这样？狼不明白。在距离很多步的外面，狗群非常生气，因为它们嗅不着气味。**在哪里？在哪里？**它们拼命吠叫。风传来它们生气的气味，还有那个闻起来像野猪的雄性无尾的味道。可是它们为什么要猎捕"无尾高个子"呢？他又为什么离开那个营帐？成年的狼有时候是会离开狼群，组织自己的狼群，但这和那很不一样，感觉就是很不对劲。

乌鸦群的带头狼还用无尾的方式很凶地说话，并且拿出他的大爪子，撕开"无尾高个子"毛皮上的那圈狼毛；打从狼第一天认识"无尾高个子"，那圈狼毛就一直是他身体的一部分。虽然带头狼做了这件可怕的事，不过在他心底里，狼感觉得出他深深的悲痛。

更让狼感到困惑的是狼群姐妹。她始终不曾出手阻止她的领袖，而且她居然没跟着"无尾高个子"一起来。

这表示什么？

狗群的味道从山谷下方飘散过来。他的狼兄弟还听不到它们的声音，可是狼已竖起颈背上的毛。

怎么了？"无尾高个子"用眼神问他。

狼往这张没长毛的可爱脸庞上看了一眼。"无尾高个子"无法再走下去了，狼得想办法让狗群找不到他才行。

他轻声哼叫，用下巴轻轻推挤他的狼兄弟。**对不起，我必须离开，别跟过来。**跟着他便往洞外跑去，一路跑下山。

他飞奔跳过许多岩石，在小河里溅起水花，他用他巨大的脚爪把水划到一边。他好不容易爬上岸，把身子甩干，就又开始奔跑。能像这样自在地奔跑真好，完全不必停下来等"无尾高个子"，他才不怕那些狗儿呢！对狼来说，狗就像是狼的幼仔一样。

他一面跑，一面注意到森林里有些事情让他很不舒服。有条毒蛇高昂着头，在岸边滑走；有只猫头鹰的羽毛落在蕨丛里头；有棵橡树不时对着它巨大且古老的同伴轻声呢喃。这让他想起那些曾把他绑起来，关在窄小石穴里的坏无尾。

在哪里？在哪里？它们拼命吠叫。

狼没再去想那些坏无尾，停下来慢慢走着。

他来到谷底，闻到一股杂七杂八的味道。他穿过树林，看到那个野猪群的小无尾用前脚爪紧握着一支巨大的爪子，浑身散发着嗜血的恶臭；他的另一只脚爪拿着一小片银色皮，闻起来有海豹和"无尾高个子"的味道。狼认出了那片皮，那是"无尾高个子"以前的旧衣服碎片。

其中一条狗嗅了嗅那片银皮，好记住那个味道。

狼终于明白了。这片毛皮正在帮这一群狗找出他的狼兄弟，他一定得把毛皮拿到手，然后它们就会追着它跑，那他就可以把它们带到离"无尾高个子"很远的地方。

狼兴奋地拱起脚爪。他感觉到自己肩膀和后腿的力量，得意且清楚地知道，他就算是大步慢跑，也都可以跑得比速度最快的狗还快。

他小心翼翼地放下脚掌，向前爬了过去。

第五节

一股泥土和腐烂的味道，塞满托瑞克的鼻孔。这个狭小的洞穴，让他想起乌鸦族的埋骨场。

别去想那个，想想怎么活下去。

狗群的喧叫已经消失，不管狼做了什么，看来是奏效了。不过托瑞克好希望他能够回来，他对自己说，只要情况允许，狼一定会来找他的。

他强迫自己移动僵硬的双脚，爬出山洞，开始沿山坡往上爬。淋过雨的岩石很湿滑，他一直爬到脚掌发麻，才把靴子穿上。

他本来打算制造从乌鸦族营区往北走的假象，然后绕一圈回来，进山谷朝南走，那是他以前和爸爸一起生活的地方，结果阿奇却逼得他不得不沿着绿河绕一大圈。现在他爬上断山，来到当初他找到红鹿角的那一带。

他的侧身痛个不停，前额新刺的图腾阵阵抽痛。他找到一棵柳树，轻声向它说了声抱歉，然后剥下一条树皮纤维。他把树皮纤维放在嘴里嚼烂，再把这些嚼得烂烂的药草抹在伤口上，又从皮背心上割下一条细带，当成头带绑在头上。这样不但可以固定嚼烂的药草，放逐者的图腾也不会被人看到。

他心头一惊，猛然想起爸爸被杀的那天晚上，他用的就是这种药草。一时间，过去的一切——发现狼、遇见芮恩和芬·肯丁——仿佛全都只是一场梦。现在，他又回到孤零零的一个人，一样地在逃命。

前面的林地是一片浓密的树林，橡树、榉树、松树。他瞥见斧柄河在远方发着亮光，那里有很多独木舟来来去去，尤其是在鲑鱼洄游的时节，他必须小心避开那一带的河岸。

他依靠深处的掩蔽，逐步下坡，穿过柳草和及腰的蕨丛。托瑞克饿得头昏脑胀，可是他没有食物，没有斧头，身边只有三支箭。无论如何，他都得吃点东西，以免虚弱到没力气跑步；无论如何，他都得找个隐蔽的山谷，设法让自己活下去；无论如何，他都得除去食魂者的标记，迫使氏族准许他回去……

这些事太艰巨了，他不可能做得到的。

接着他想起芬·肯丁上个月跟他说过的一些话，那时他们正一起采集制作渔网的树皮。那天就像今天一样，寒风刺骨，托瑞克怔怔地盯着脚边一堆湿黏的柳树枝，怀疑自己是否真能把这些东西做成渔网。

"别去想渔网。"芬·肯丁那时对他说，"拿起一根柳枝，把它剥干净，这你会做吧！嗯？"

"当然！"在他小时候连把刀都还握不好的时候，他就学会剥树枝了。

"那就干活吧！"乌鸦族领袖说，"一步一步来，一次剥一根树枝，别去想渔网。"

这时，托瑞克感觉到湿透的鹿皮衣全是雨水，他点点头："一步一步来，食物、帐篷。对，其他的明天再说。"

他发现一条相当隐秘的鹿径，是沿着山谷侧翼一路辗转向东。雨停了，太阳出来了。

他一面走，一面保持警觉。虽说乌鸦族遗弃了他，但森林并没有遗弃他。"森林啊！"他轻声说，"我一直都很尊敬您，帮助我活下去吧！"

森林摇晃枝干，抖落了些雨水，然后要他往四周看看。

他看到小径旁边有一棵粗壮的桦树，树上的叶子包着新芽，这可以马上让他喝到补充体力的汁液，怎么他之前都没想到呢？

他先请求树的准许，然后才拿起刀子在树干底部的树皮上切出一个小洞。树血渗了出来，他在破口的地方插了一根空心的接骨木枝，让汁液从中漏出来，然后他用忍冬花把桦树皮卷成圆锥筒，接住汁液。

圆锥筒接满汁液后，他找了根树枝，挖出好些鸦蒜，再用桦树叉叉了一球蒜，献给氏族的守护灵，然后把剩下的吃了。他被这些蒜弄得直掉泪，不过他也因此觉得暖和一些。

后来他又找到一些紫草根，很苦、很黏。然后，在一个泥塘的洞里，他找到了最棒的东西：一丛斑兰。这种兰花的根富含淀粉，和一般可食的胶质一样，不过在没肉可吃的时候，它们可是全森林里最有营养的食物。

这会儿，圆锥筒已经盛满了。他向树灵道谢，并且把树皮贴回破口处让它愈合，接着喝光锥筒里的汁液。桦树的树血喝起来凉凉的，甜得让人感到些微晕眩，森林的力量转成他的力量。

食物让他感觉好多了。

我做得到的，他对自己说。我可以用水木做箭、用营火强化箭尖；我可以用柳草做网，用黑莓的刺做鱼钩捕鱼；森林会帮助我的。

慢慢地，大约过了半个下午，他已快走到谷底了。到了那里，他得设法穿过去年秋天成堆的落叶。他的信心退却了，他的腿恐怕无法撑那么远。

没有斧头，搭帐篷变得困难许多。不过，森林再一次向他伸出援手。他找到一棵桦树，被暴风吹倒，卧在大圆石上。这提供了他一个完美的支架，接下来只需要在其中一侧堆些树枝，然后在树顶覆上一层腐叶土就可以了。而且这个位置非常好，刚好就在一片柳树旁边，如此一来，必要时，他也不愁没地方可躲。

空气渐刺渐寒，不过他不敢冒险生火。为了取暖，他拿了些草塞进背心、靴子和绑腿里。那些草刺刺的，而且有甲虫和蜘蛛冲出来，弄得他很痒。不过，这可以让他不再觉得冷。

好像狼獾一样，他拖着一堆树叶进入帐篷，舒服地窝在叶子堆下，闻着树木浓烈的气味。他先向森林道谢，然后才把双眼闭上。他累坏了。

他同时也保持着清醒。

经过一天一夜，他始终不愿去想的事情此刻盘踞着他的脑海。这些思绪就像狼的毛刺一样，怎么也挥不掉。

遭人放逐，没有氏族。

他怎么可能没有氏族？

他想起放在树上献给氏族守护灵的鸦蒜，但他如果没有氏族，那他就没有守护灵可言。没有守护灵，这令他几乎窒息。没有守护灵，哪有人能活得下去？

他伸出手指，摸着横切过他氏族图腾的那道伤疤。他想不起来伤疤是怎么来的，伤疤这种事有什么好想的？谁没有伤疤？他前臂也有一道伤疤，是在被熊攻击那晚留下的，还有小腿上也有一个，是野猪尖牙刺的。芮恩的手上也有伤疤，那是托卡若思咬的，还有她三岁时踩到打火石的碎片，脚上也留了疤。芬·肯丁也有很多，那是他年轻时打猎意外，以及打架留下的，还有他大腿上被熊抓出来的一大块皱皱的伤疤。

托瑞克脸一沉，继续往树叶堆里钻。别去想乌鸦族，想想爸爸，为什么他从来没跟你说过；想想你的母亲，为什么她要宣告你没有氏族？

一阵强风吹动柳树，柳树林呜咽起来。远方，托瑞克听到一头被遗弃的麋鹿凄厉的叫声。初夏时节，森林里处处可以听到它们悲惨的哭声。由于无法同时照顾去年夏天出生的小鹿，以及刚出生的幼鹿，它们的母亲断然丢弃先出生的小鹿，粗暴地踢着它们，将它们赶走。一个多月来，小鹿们四处乱窜，不断想从遇到的大型动物身上寻求安慰，直到死在猎者手中，但也可能学会养活自己。

我要母亲，麋鹿大声叫着。

托瑞克强迫自己闭上眼睛。

他对母亲知之甚少，可是他经常会想到她：就像一股温暖的源头，甚至陪他度过最酷寒的时节。他深爱她，那是根本不需多想的，他一直相信她也深爱他。可是，她却宣告他没有氏族……

那感觉好像是她不要他了。

现在的我该何去何从？他心想，我到底属于哪里？

又一阵强风吹来，柳树回答他：**你属于这里，森林里**。

他听着听着，渐渐睡着。

他心头一惊，猛然醒了过来。

有人声，就在他上方的坡面。

他直直躺着，心脏怦怦直跳。

旋即他又想，如果这是来猎捕他的人，那他们应该不会说话才对。

他尽可能不出声地爬出来，背起他的弓和箭袋，把帐篷拆了，用大蒜叶子把四处扫了一下，以掩盖他的气味。他爬进柳树林里，树影变长了，但天空尚不见第一群星，他才刚入睡不久而已。

说话的声音愈来愈近，最后停在他上方五十步远的地方。他从枝干间看过去，认出那是蛇族的狩猎群，正走在他之前走的那条鹿径上。没有狗群，那有点奇怪。还好他刚才已经把自己的踪迹清掉了。

不只蛇族人，看来乌鸦族人应该是在这条路上才遇见他们的。他看到陶尔、希亚拉克、芬·肯丁、芮恩。

想到自己像个陌生人一样地偷窥他们，不能出去见他们，他觉得难过得想吐。

他看到几个蛇族少年尊敬地等着芬·肯丁开口，接着他赞美他们猎到的獐鹿，他们一个个面露得意。他还看到两个蛇族小孩害羞地盯着芮恩看，芮恩则拿着一把敲碎的榛果，擦着她的弓，装作不知道。

他们说的话传到他耳边，他们在谈阿奇。

"他那群讨厌的狗差点儿毁了我们的打猎！"一个蛇族男人抱怨地说，"若是再这样下去……"

"不会的。"芬·肯丁说，"阿奇抓不到托瑞克的。"

"还有，那些狗都把猎物吓跑了，最好能快点让放逐者离开这一带。"那个蛇族男人说。

"噢！他现在应该是走得很远了。"芬·肯丁的声音，随着沉滞的夜气传送过来，"他不会笨到停留在这里的，更何况氏族的集会就快要举行了。"

氏族集会。托瑞克竟然把氏族每三个月固定举行的重大集会给忘了，而且今年夏天，大会举行的地点就在白水河口，离他现在所在的位置两天路程都不到。

猎人纷纷道别、离开，蛇族人往南，返回他们驻扎在宽水岸边的营区，乌鸦族人则往西走。

别走！托瑞克在心中默默恳求芬·肯丁。当他看着这个双肩宽阔的身影和芮恩一起没入树林，心里觉得像被掏空了一样。他看着他们，直到眼睛又酸又痛。

就在他们离开之后，他在柳树林里待了很长一段时间，夜愈来愈深。

一根嫩枝发出啪的一声。

他停住不动。

又一根，很大声，分明是故意的。

"是我！"芮恩小声地说，"你在哪里？"

托瑞克用力闭起双眼，他绝不能回答她，那样只会让她身陷险境。

"托瑞克！"她这次的声音听起来既生气又害怕。"我知道你在这儿！鹿径上有一片你嚼过的树皮纤维，还好我赶在别人看到之前把它捡了起来！"

他真恨自己得这样默不作声地。

"噢！那好吧！"她吸了口气，"也许说出来可以让你改变心意。"又是一阵窸窣声，"我把帮你去除食魂者图腾所需的东西都带来了。我来这里就是为了这件事，为了告诉你怎么完成。"又停了一下，"如果你不马上出来的话，那我可就不说了！"

第
六
节

"你到底知不知道自己在做什么？"托瑞克猛地将芮恩拉进树丛里，小声地说，"万一有别人看到你怎么办？"

"不会的！"她以自己都不确定的自信回答，"我带了一个睡袋和一些食物来给你，不过我没办法偷到斧头，所以你还是……"

"芮恩，不要，你别蹚这浑水。"

"我已经蹚啦！吃块鲑鱼饼吧！"

见他没动，她接着又说："好吧！如果你不想要，那我只好把东西放在这里让人来找了。"

这招果然奏效，他立刻从她手中把东西抢过来，狼吞虎咽地吃了个精光。她蹲在他身边，黑暗中有股酸味，她很好奇他之前到底吃了什么。

"这儿还有很多鲑鱼饼。"她跟他说，"还有血肠、晒干的野牛舌，还有一包榛果，应该可以撑上半个月，如果小心一点的话。"

她话太多了，她自己知道，可是看他那样子像是变成了另一个人似的。那条头带让他老了好多，还有他的表情，看起来很严肃。他不断扫视四周，仿佛随时会有猎者从阴暗处一跃而出。

她心想：这就是身为猎物的处境吧！

她拉高嗓门问他，狼在哪里？托瑞克告诉她，他诱走了阿奇，以免阿奇闻到气味。然后他问她怎么没跟芬·肯丁一起走？她说是用"检查陷阱"的借口折返回来，然后去拿她预藏好的补给品，以及一只她准备回营区时用来证明她确实有去"检查陷阱"的斑尾林鸽。她没说起当她欺骗芬·肯丁时她紧张的心情，也没提到当芬·肯丁知道，她其实是去做什么时眼里透露的痛苦。

"他有猜到我在这儿，对吧？"托瑞克问她："他那时说到氏族集会，其实是在警告我。"

"我想是吧！应该！"

她又递了一片鲑鱼饼给他，自己则吃了几个榛果，陪他一起吃，然后她说："我一直想弄清楚，这些事情到底是怎么开始的？那些红鹿角，还有阿奇做的标记被磨掉，这是有人搞出来的，有人想让你成为放逐者。"

他快速看了她一眼。"食魂者。"

她点点头。"他们这会儿很可能已经来到南方，加上他们又知道你是心灵行者，他们想要得到你的力量。"

"他们也想得到最后一块火焰蛋白石。"

"无论天涯海角。"

深蓝的夜里，小猫头鹰在树林间轻快地滑翔，彼此呼唤；蝙蝠啪啪啪地鼓动翅膀，迅速从蕨丛上方飞过。

托瑞克用手背抹了抹嘴巴，说："芮恩，我很抱歉。"

"什么事？"

"为这一切，为我没有把标记的事告诉你。如果我早告诉你就好了，可就是怎么都找不到适当的时机。"

她清了清喉咙。"我知道那种情况，坦白说出来并不容易。秘密，我的意思是坦白把秘密说出来。"

"嗯！总之我很抱歉！"

他们吃完东西，托瑞克随即把睡袋绑在背上，扛起箭袋和弓；芮恩把食物放回食物袋，然后放了一小片鲑鱼饼在柳树上，献给氏族的守护灵。一奉献完贡品，她才想到自己应该慢一点再做这件事，这样托瑞克自然就不会看到。他跟她说他不介意，可她看得出他是介意的。

"真奇怪！有生以来我一直都这么做，到头来我居然没有守护灵。"他说。

"那仍然是你的奉献，献给森林。"

"我也是这么想。"他停了一下，"可是怎么会这样呢，芮恩？我怎么可能没有氏族呢？"

"我不知道。"

"我有氏族灵魂，我能分辨善恶，那怎么可能？"

她摇了摇头。"莎恩说,在这之前,从不曾有人没有氏族。"

他看起来很惊慌的样子。她真气恼自己。噢!真聪明啊!芮恩!那句话果然让他好多了。"反正就是——"她赶快接下去又说,"我觉得我才不会想当狼族的人呢,那些黄黄的眼睛……"她发着抖,"我问过他们的巫师,那是怎么弄的?她说她把一种东西放在水里,万一她弄错了,它们就不会变成黄的,反倒会变成粉红的。"她咬了咬嘴唇,"其实是我乱编的,好玩而已!"

托瑞克勉强挤出一抹微笑,她真的很替他感到难过。

"可是我若不是狼族人,那我到底是什么?"他问。

她叹了口气。"你是狼的狼兄弟,你是我的朋友,这是永远不会改变的。"

他眯起眼睛,伸出手抚摸自己的脸,然后把食物袋扛上肩,咳了起来。"芬·肯丁会怀疑你跑哪儿去了,你说你知道仪式怎么做。"

"是!"芮恩说。

他从她的语调中感觉到了什么。"你确定?"

"是!"她又说了一次。事实上,她得把从莎恩那儿搜集到的片段设法凑合起来,所以她并不真的完全确定,不过让托瑞克知道这事,对他并没有帮助。

说明仪式没有花上很长的时间,但是当芮恩开始说到切除图腾这个部分,两个人都觉得恶心得想吐。

"这里头,"她颤抖地说,同时解开挂在腰带上的天鹅脚药袋,"你需要的大部分东西都有了。"

托瑞克接过来,定睛望着药袋。

"你必须等到月圆的时候。"她接着说,"到那时,你得找一个安全的地方躲起来。"

"安全?"

"嗯!要非常安全,我们最好先说定要在哪里碰面。"

"什么意思?"

"趁着月圆，完成仪式。"

"不！不行！"这让她很沮丧，他的眼神十分固执，那种眼神让她想起狼不肯坐上皮船的模样。

"托瑞克，你没办法自己完成仪式的。我就只把需要的东西告诉你，让你想办法去准备，不过到时我会在场帮你的。"她说。

"不行！"

"可以。"

"可是你讨厌巫术。"

"那没什么大不了，至少我知道怎么施法。"

他站起来："听着，芮恩，这跟以前那些时候不一样，那时你擅自离开，芬·肯丁可以生一会儿气，然后就原谅你，但这次，却可能会要了你的命。"

"我当然知道有这可能，可是——"

"不行！今晚你到这儿来，已经是超乎常人的勇敢了，可是你不能，你**绝不可以**再轻举妄动！"

芮恩站起来。"我做或不做什么，并非由你来决定。"她转身解开她挂在树枝上的弓，"如果你已经忘记了你所谓的'以前那些时候'，那我真的是……托瑞克？托瑞克！"

他竟然就这么走了，像鬼一样无声无息地消失在暗夜里。

第七节

圆月高高升上深蓝色的夜空，托瑞克却仍未准备就绪。他迟迟没去寻找花楸树枝，因为心里一直害怕着他不得不开启仪式的那一刻。

半个月来，他过着消沉的生活，仅靠着芮恩的补给品和所能抓到的野兔、松鼠、小鸟维生。一天混一天地过：四处爬着寻找食物，躲在树丛里；喃喃自语，却只听到声音，不知道自己在说什么。

阿奇和他的狗群没再出现，氏族们努力捕捞最后一群鲑鱼，野猪族的领袖要他儿子卖力地干活。

"找个感觉起来有种力量的地方。"当他们一起缩在树丛中时，芮恩这么说，"然后就在那里施行仪式。"

托瑞克已经找到这个地方了，不过那可能不符合她心里所想的。他站在一座陡峭山谷的南坡，氏族向来称那里为双子河，因为那儿正是斧柄河和绿河如千军万马般澎湃交会，形成白水的地方。那里十分荒凉，终日云雾缭绕，桦树和花楸树只能附着在巨大的落石间勉强维持生命。

而且，那里离人群很近，十分危险。以这里为起点，白水一路向着大海流去。离这里往西走路不到半天，就可走到氏族集会的地点。托瑞克离得太近了，不过那也是他的刻意安排。没有人会想到来这里找他，要是他痛得难受，湍急的水流也可以掩饰他的喊声。

他暂时不再去想这些，又切下一根花楸树枝，心里第一百次希望，若能有把斧头在身边该有多好。

在他身后，一根树枝啪地断裂。

他迅速转身。

一个黑影出现在树林里。

他踉跄地往后退。

黑影笨重地朝他走来。麋鹿和男孩同时大叫，各自跳开。

"又是你！"托瑞克大声地说，"走开！我告诉过你，我不是你的母亲！"

麋鹿低下头，用口鼻亲昵地磨蹭他，他感觉到热热毛毛的瘤块，鹿角就是从那里长出来的。这头麋鹿体型庞大，可是它走动的样子笨拙谦卑，好像是在为自己长得这么大而感到不好意思。托瑞克看到它腹部被母亲踢出的伤口，怜悯之情油然而生。

麋鹿不明白母亲为什么不要它，它什么都不懂，连看到狼应该要害怕都不知道，其实狼没去动它，也只是因为打猎比较有意思而已。它前后两次和托瑞克撞了个正着，托瑞克都是赶它走。他没杀它，是因为如果那样他得处理猎物的尸体，这样就得花上好几天，可他也不能让它一直跟着他，以免它永远搞不清楚，看到猎者要赶快躲开。这会儿看来，它似乎是把托瑞克当成了它的朋友。

"嘘！"他一边说，手臂一边挥舞。

麋鹿定睛望着他，棕色的双眼满是迷惑。

"走开！"他一拳打在它鼻子上。

麋鹿摇摇晃晃地转身，胡乱往树林里跑去。托瑞克再次孤单一人，恐惧感纷纷回笼，现在再没任何事物存在于他和仪式之间了。

一想到要切除图腾，他愈来愈感到恶心和害怕。一想到如果不切除，自己将会变成的模样，又让他心情更糟。前几天，标记已逐渐出现灼烧的感觉，他感觉得到它在啃噬他的肉体。

从河边往上走二十步就是他选择的地方：一块向内弯拱的圆石，两旁有花楸树作为掩护。淡淡的月光照在石面上，托瑞克好希望这暧昧诡异的天色能再深暗一点，只是在夏天，太阳休眠的时间一向不会太久。

他把睡袋、箭袋和弓留在岩石底部，只身爬了上去。苔藓纷纷在他靴子底下碎落，散发出一股腐臭的气息。他伸出手指摸着的这块花岗巨石十分冰凉，当他爬到岩顶时，急流的吼声穿透他整个人，将森林的声音完全淹没。往西方看去，营火如刀尖般红色的火头，正嘲笑着他的寂寞。

狼打猎归来，肮脏的口鼻沾满了血。他毫不费力地用后腿撑起身子，前掌放在岩面上，准备一跃而上，和托瑞克作伴。

不行，待在下面。托瑞克用狼语对他说。

狼坐下来，盯着他，十分困惑。

托瑞克强迫自己别去注意他，他即将要做的事狼是不会明白的，而且他也不知道该怎么去告诉他。

这是他生平第一次即将使用巫术。他即将瞎子摸象似地使用巫师用来预知未来、治疗病人、寻找猎物的力量；一股他既不了解，也不知如何控制的力量。

"这是一条深入灵界的道路。"芮恩曾这么告诉他，努力向他解释这些对于她、一如追踪对于托瑞克般自然的事情。"一条前去触摸'纳路亚克'的道路。但是你务必要小心，那就像是把脚浸在湍急的河水里，如果你踩得太深，就会被冲走。"

"纳路亚克"。

托瑞克感觉到自己体内的"纳路亚克"：一股原始的力量，在天地的生灵间沸腾——河流、岩石、猎者、猎物——带领他们与"'世界灵'"串联在一起。

他擦去脸上的水花，解下系在腰间的天鹅脚药袋。鹅爪很锐利，鹅皮刺刺的，有鳞。他打开药袋，把芮恩交给他的东西铺陈开来。

"巫术共有五种。"芮恩那时对他说，"传送、召唤、净化、绑缚、切割。这个仪式要做的就是净化，还有切割。"当时她吞了一口口水。"你必须准备四样分别代表氏族四大元素的对象：森林、冰地、高山、海洋。代表森林的是你母亲的鹿角药罐。从罐里拿出大地之血，混入任何生灵的油脂，只要不是水系生灵就可以，然后沿着图腾的周围画一条线，而这就是你必须割除的部分。"她吸了一大口气，"代表冰地的是这个天鹅脚药袋，它是白狐族巫师的东西，所以力量十分充足。"

"那高山呢？"托瑞克问，感到一阵寒意。

她从药袋里拉出一个腕套，是用晒干的花楸果和柳草编在一起做成的。"我遇见了几个花楸族的人，他们提前出发到集会地点，想占到最好的驻扎营地。我用一支箭换来这个。"

"他们会不会发现你的手上没戴着这个腕套？"

"我想到了，所以就把它对分成两个。"她把手举起来，果然戴着一个一模一样的腕套。然后她把另一个套上他的手腕。她虽沉着脸，但他觉得，她应该也跟他一样，想到两人共用一个腕套，心情便不再那么糟。

"等时候一到，你必须调制出一种独特汁液来净化自己。把篱芥的根加入杨树皮、水苏和接骨木的叶子一起磨碎后，浸在强劲的水里。要取用斧柄河的水，这很重要，因为那里的水拥有高山区冰河的力量。然后将这汁液放在月光下，能放多久就放多久。"她说。

他在傍晚就已把汁液准备好，并且放在一个用松鼠生皮做成的杯子里，然后放在岩石上，趁着自己去摘花楸树枝时，让汁液汲取第一道月光。

"我想这里头应该没有什么会让你灵魂行走的东西。"芮恩那时这么说，"不过你最好还是在脸上画个手印，然后用花楸树叶把全身扫一遍。当然，到时我会在你身边，以防有什么状况发生。"

"那我要用什么来代表海洋？"

"你父亲的刀，那是大海的石板。还有托瑞克，把刀子磨利，痛苦会减轻一点。"

他惊恐地看着她拿出一个鹿角做的小针盒、一捆肌腱做的绳线，以及一个细长的骨制鱼钩。

"这个鱼钩是做什么用的？"他问。

芮恩没看他的眼睛。"你千万别切得太深，切太深怕会切到肌肉里。"

托瑞克把手放到胸口上。

"我做给你看。"她拿起她的刀子，在她绑腿的护膝上划出一个十字。"这是那枚图腾，你就沿着它的边缘切，划出一个类似柳叶的形状。然后你——你就把钩子钩在这块皮的中间，把皮往上拉起来。"她钩着"标记"的部分，把它从鹿皮绑腿中挑出来，额上不断冒出豆大的汗珠。"这方法，可以让你——切——切入皮下，把图腾

挑起来。然后用力把伤口四周压在一起，再缝——缝合起来。"

一直到她说完，他俩始终抖个不停。

双子河冰冷的水花溅到他脸上，他跪着，喝下药草调制的苦汁。他以花楸净化自己，并且在脸上画上手印。针和钩都已准备妥当，他觉得自己难过得想吐。

在他下方，狼跳到他的脚边，口鼻抬高，尾巴竖起。他闻到一种味道。

那是什么味道？ 托瑞克用狼语问。

不一样的。

不一样的什么？

不一样的。 狼放轻脚步打着圈子，然后凝神望向托瑞克，月光下，他银灰色的眼睛看起来好陌生。

不管狼想说什么，托瑞克都不能让狼扰乱他。如果他现在不动手，他以后恐怕都不会再有勇气动手。

他把背心脱了下来。水花冷冷地拍打他的皮肤，他的牙齿咯咯地不断打颤。他发着抖，拿着大地之血，沿着食魂者的三叉耙标记画了一个线框。

他抽出他那把刀子，爸爸的刀子。大海的石板摸起来冰冰凉凉的，刀柄则又重又热。

狼发出一声低沉的狼嗥。

托瑞克警告他，要他好好待在下面。紧接着，他已准备好切下第一刀。

那时天已快亮，他躺在岩石的阴影中，在睡袋里不自主地一直发抖。一呼吸就痛，什么都没有，唯一只剩胸口上火烧般的痛苦。

一声呜咽从他口中发出，他紧咬住牙关。爸爸也这么做过，他对自己说。爸爸曾切除标记，经历过这一切，你也一定办得到。

双子河的水声在他脑中轰隆作响，就像是他胸间一阵阵的抽痛。

可是爸爸那时有伴侣在一旁帮他，不像你，你只有孤零零的一个人。

他大吼了一声，把脸埋进鹿皮里。

有什么东西搔着他的鼻子，是芮恩一根长长的红头发，她之前留在这个原本是她睡袋里的头发。他紧紧握住头发。你并不是孤零零的一个人，他对自己这样说。

过了一会儿，他听到脚爪在石面上喀嚓喀嚓的，于是醒了过来。凉凉的鼻子在他的脸颊上磨蹭，狼"嗷呜"一声，靠着他坐下来。

"你并不是孤零零的一个人。"托瑞克小声地说，让手指没入狼兄弟的毛皮里。**永远都别离开我**，他用狼语说。

狼再次用鼻子磨他，并且舔了舔他，要他放心。

托瑞克紧抓着他的颈背，不知不觉进入邪恶的梦境里。

他梦到有头麋鹿正在攻击芮恩，不是那头想跟他做朋友的小麋鹿，而是一头成年的雄鹿。

托瑞克想移动身子，可是这个梦扯住他的手脚，让他只能眼睁睁地看着芮恩退到一棵被砍剩的橡树残株边，狂乱地向四周张望，寻找可攀爬的东西。什么也没有，在她身后是一条河，在她身前只有一棵及膝的柳树。

麋鹿发出一声吼叫，大地摇动起来，接着它低下头，准备进攻。它那巨大的鹿蹄只要随便一踢，就足以打烂一只熊的脑袋；或是把一只狼的脊背断成两半。芮恩根本连半点机会都没有。

麋鹿整个冲向她，托瑞克感觉地面摇晃起来，他还闻到它充满麝香的愤怒。突然间，他觉得肚子一阵绞痛，那种痛是那么的熟悉，熟悉得令人心惊……

原来，当它怒吼地朝芮恩冲过去时，驱动这具庞大鹿身前进的，正是托瑞克的愤怒，推开树枝的正是它的鹿角。

这并不是梦，这是真实正在发生的事！他想。

第八节

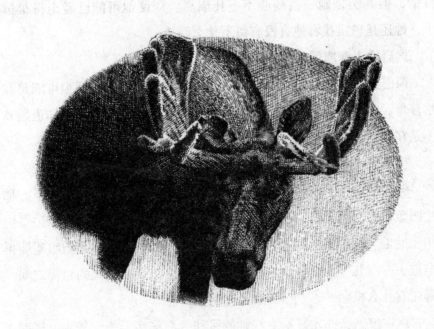

麋鹿突然从灌木丛里冒出来，芮恩赶紧闪到橡树后面。麋鹿的灵活度很是吓人，它以单蹄打旋快转，芮恩巧妙闪开，然后再次闪避。麋鹿快步飞奔，然后一个转身再次攻击。

芮恩上气不接下气，汗流个不停地蹲在橡树残株后面。伸手可及之处，没有任何可以攀爬的东西——这一道坡在两年前就已被平整成营地——再者，虽然离她十步远的地方有条河流，但她根本就到不了。更何况，麋鹿也会游泳。

有个树根碰着她的膝盖，她于是改变姿势，结果差点掉到一个洞里。她小声向守护灵道谢之后，紧抱住自己的武器，反向钻了进去。在这下面麋鹿碰不到她，这个洞很窄，鹿角钻不进来。而且麋鹿不会挖洞，至少，一般的麋鹿不会。

可是这一头根本不是一般的麋鹿。

她没有任何预警，完全没有。一整夜辗转难眠的她，困倦地从帐篷里缓缓爬出来，接着就动身往上游走。如果有人问起，她就说她在打猎，但其实是她一直放心不下托瑞克。即便他可能已经走得很远了，她还是想找找看他有没有留下什么踪迹。

然后这头麋鹿就从湿漉漉的灌木丛里冒了出来。

芮恩虽然大吃一惊，但她倒是不慌、不怕。这头麋鹿很可能是在吃莎草，或是潜在水里在找莲藕。她会和它保持距离，让它知道她并不是在狩猎，它自然就会扬长而去。

接下来，事情完全变了样。

泥土在她脸上来来去去，她用力把土屑甩掉。她凝神望着上方那片圆盘状的灰色天空，用她猎者的眼睛，看见边缘地带落有少许黑白相间的毛。她希望和她同在这个洞里的狼獾睡得够沉，希望狼獾能再缩进去一点儿。卡在一头发了疯的麋鹿和一只受到侵扰的狼獾之间，哪还有什么机会？

现在该怎么办才好？幸好她的弓和箭都安然无恙，斧头也还握在她的手中。她要不就静待救援，要不就设法杀出一条生路。

杀出去恐怕会让她没命。这头麋鹿实在太高大了。还有它的鹿角，比她撑开双臂还要宽，它只消猛地一挥，就可以像杀鱼一样把她打烂。还有那几只鹿蹄……以前，她曾看过一头雌的麋鹿只不过踢了两下，就要了一只熊的性命：一脚踢在下巴上把熊踢昏，再用后腿直立，两只前蹄往头盖骨上一捶，当场把熊劈成了两半。

不过这头麋鹿并不是有幼仔要保护的雌鹿，它是头雄鹿，而且距离雄鹿最危险的发情期也还要四个月。

那么它为什么会发动攻击呢？是生病了吗？还是有伤口在恶化？这些她都看不出任何征兆。还是恶灵作祟？感觉又不像是。不过，这当中一定有原因。

又有泥土落到她脸上，她吐出几口灰土，极其小心地往上钻去，从边缘向外窥探。

清晨的阳光射穿了蕨丛，一缕轻风唤醒杨柳，小河低声呢喃着流向大海。好静啊……

不对。就在那丛牛蒡旁边，一枚向外开展的大蹄印边上，一团结球的毛因为流汗而变得深暗。

全身的血液顿时冲上她的脑子。

麋鹿低下头，长长的舌头向外一卷，舐湿自己的鼻子，让嗅觉更加敏锐。它的大耳朵正朝着她斜垂下来。

她定住不动。

它知道她就在那里，它其中一只眼红红的，是前次发情期间被对手的鹿角给刺瞎的，而它的另一只眼，正盯着她的眼睛瞧。

她屏住呼吸，感觉到那目光之后的心灵。

"这不可能！"她喃喃说道。

麋鹿扒开牛蒡。

这是一头麋鹿，她对自己说，和托瑞克一点关系都没有。

可是，她知道，她偶尔会有这种笃定的感觉，莎恩说那是她的内在之眼。她很清楚地知道，托瑞克的灵魂就在那头麋鹿的体内，他正

61

在心灵行走，他正在攻击她。

"这不可能的！"她再次喃喃自语，"他为什么要攻击我？"

一阵晕眩，她觉得恶心想吐。她紧紧抓着斧柄，没办法了，无论接下来发生什么情况，不是她死，就是他死。

当"无尾高个子"蜷缩在他的驯鹿皮里，在睡梦中抽搐、呻吟，狼站在一旁守护着他。

先前狼在黑暗中捕捉到的"不一样的"气味已经走了，但是他感觉得到，那股气味还在不远的地方。那种味道他从没闻过，但是那会让他产生某些感觉，某些不好的感觉。

若是以前，他一定会直接就往前冲，去把味道找出来，可是"无尾高个子"叫他永远都别再离开他。狼有些不懂。他经常离开"无尾高个子"，去打猎，去嘘嘘，去好好享用美味的动物尸体，虽然不知为什么他的狼兄弟并不喜欢这些尸体，不过那并不重要，无论狼离开多久，他都一定会再回来。

狼讨厌不懂的感觉，可是他又无法用嘴去把答案给叼出来。

接着他听到狼嗥声。

是狼群。有许多只狼迈着大步奔跑，不过他无法知道确切的方位，因为它们将口鼻朝向四面八方不同的方向嗥叫。这点狼懂。现在正是白天变长，把夜晚吃掉的时候，同时也是狼仔出生的时候。这个狼兄弟里头有幼仔，它们不希望别人找到它们的巢穴。过去和狼一起在山上同奔的狼群，也曾使用过这个伎俩。

等等！他一跃而起！这是山上的那一群狼！他认得那只带头狼的狼嗥。

他急急挥动尾巴，以狼嗥回应。**我在这里！在这里！**他在脑海中看见这群狼紧密地站在一起，口鼻仰向天空，双眼在狼嗥的快乐中眯成了缝隙！他突然好想去找它们。

那群狼安静了下来。

狼的尾巴停下了动作。

他真希望"无尾高个子"能快点醒来，可是他一直在睡梦中抽搐、呻吟。

过了一会儿，狼听到有人在发狂般地尖叫、怒喝。是狼群姐妹。他不懂她说的是什么，可是他听得出，她遇到麻烦了。

狼用脚掌想把"无尾高个子"摇醒。

可他的狼兄弟一动也不动。

狼咬住他身上那层毛皮，把黑黑的长毛拉到上面盖在他头上。等他发现那没什么用，便又朝着他耳边狂吠，这方法每次都很灵。

但这次失灵了。

狼耸起身子，因为他乍然明白，原来躺在这里、缩在驯鹿皮里的，只不过是"无尾高个子"的肉体部分；至于里面的那一部分——那些流动的气息已经不在了。

狼知道这种情况，因为以前也曾这样过。他有时候会看到狼兄弟流动的气息离开他的身体，他们的个子、身形，还有气味，都和"无尾高个子"一模一样，可是狼知道，不可以靠得太近。

狼小跑步绕着圈子，残留的气味告诉他，"无尾高个子"的流动气息跑去找狼群姐妹了，那也是狼必须要做的事。

他飞一样地穿越森林，吓到一匹母马和它的小马仔，然后他还差点踩到一群正在睡觉的小猪，弄得猪妈妈十分生气，但是笨重的它还来不及起身，他就一溜烟跑了。他来到河边，在杨树中穿梭前进，大步朝着狼群姐妹发出狼嗥的方向快跑。他嗅到她强烈的决心，他嗅到鲜血的气味和愤怒的麋鹿。

狼群姐妹的声音突然在怒斥声中消失了。

狼加快脚步。

突然间，风势一转，一种他没闻过的气味飘进他的鼻子：是"不一样的"气味。

狼一个转身，停了下来。"不一样的"气味正朝着"无尾高个子"毫无自保能力的身体前进。

狼十分犹豫。

他该怎么办才好呢?

第
九
节

托瑞克挣扎着醒了过来，感觉好像是从湖底深处奋力游上来似的。夜里发生了一些事情，一些可怕的事情，但他什么都记不起来。

他躺在自己的睡袋里，两眼迎向晨光。他的嘴巴里有种味道，好像他之前吃过灰烬似的，还有他胸前的伤口痛得吓人。

跟着他发现，他的手上有一缕深红色的头发，所有事情突然袭上心头：他的鹿角掠过蕨丛，他的蹄子把泥地踩得嘎吱作响。打火石亮了一下，红头发飞了起来，再就什么都没有了。

他做了什么？

他一颗心怦怦狂跳，爬出睡袋，吓了狼一跳。

狼群姐妹！她没事吧？托瑞克用狼语说。

不知道，你怎样？狼回来了，同时舔了一下托瑞克的口鼻。

托瑞克没回答。他从来没在睡觉时心灵行走过，应该不是他为仪式调制的汁液导致的，芮恩跟他说过，那不会让他的灵魂乱跑。更何况，他还照着她的交代，在脸上画上手印。他举起手指往脸上摸索，可大地之血已不在那里。他一定是在睡着之后把印记磨掉了。

这怎么可能？他往胸口上长了一层硬皮的疤痕瞄了一眼，标记已经不见了，可是食魂者的力量很强，也许他们趁他睡觉的时候，强迫他去做了这件事：找一个他最关心的人攻击。

他花了整个早上，来到那块空地。他大概知道那在什么地方，他以前曾留意到那个狼獾的洞穴，以及前人打猎留下的残株。当然，狼也帮了不少忙。可是当他们到了那里，托瑞克完全认不出来。蕨丛和柳草就像经历了一场雹暴似地倒成一片，橡树被踢得全裂开来。放眼望去，他只看到洒在绿叶上的鲜血。

他一阵天旋地转，痛苦愤怒。他努力让自己冷静下来，好把发生的事情拼凑起来。

他在残株附近乱成一团的泥土堆中发现了芮恩的靴子印，还有一根红头发掉在獾穴的其中一个入口。另外在河岸上，他发现独木舟被拖上岸后留下的痕迹，一堆男人凌乱的脚印，一路走向船的方向，愈接近船，脚印愈深。他们当时一定搬运着什么重物。

也许他们及时来到这里，杀了麋鹿，然后把鹿搬到船上。

也许他们搬运的是芮恩。

托瑞克的脑子无法冷静下来，他完全使不出他的追踪技巧。

是我做的，他心想，有什么我无法控制的东西存在我体内呢？

狼用鼻子轻推了一下他的大腿，问他什么时候离开。托瑞克问他，他是不是曾经去帮狼群姐妹的忙？狼回答他说，他本来想去，可是他闻到"不一样的"味道。

什么意思？ 托瑞克问，可是狼的回答不是那么清楚易懂。狼的语言不只用咕哝、哀鸣和狼嗥，另外也靠身体作出细微的动作：把头歪向一边、摇动耳朵或尾巴、把毛皮放松或耸立起来。托瑞克并不是每个动作都懂，他只能约略猜出，狼闻到了一种味道，要去攻击他的狼兄弟，所以他就赶快跑去保护他，可是在他赶到的时候，那个不知名的味道已经不见了。

托瑞克怔怔地望向四周，一片荒凉。他应该找个地方掩护自己，独木舟随时可能会悄悄出现。他不在乎，他必须前往氏族集会的地方，查看芮恩到底发生了什么事。

天色渐暗，这时他已来到氏族集会的河口。夏季时分，夜色通常不会太暗，这使得他的行动充满更多危险。

他一路都没停下来帮自己伪装，就只绑了头带，然后抹了些炭灰，以免被狗闻出他的味道。剩下的，就全靠他身为猎人的本事避人耳目，以及他好不容易才办到的事——把狼劝退，叫狼不要跟着他来。

他把睡袋藏在树丛里，打算稍后再回来拿，然后他蹲下来，计划下一步的行动。

在白水河口一带，熊熊营火在深蓝色的暮色中燃着橘色火光。营火前方，黑色人影朝着天空伸出树枝般的手脚，像极了岩石上的图

67

画。来了好多好多人！一时间托瑞克好像又回到小时候，只不过这已不再是他的第八个生日夜，而他也不再是那个得意地跟着爸爸去海边参加氏族大会的男孩了。

山兔族把他们的驯鹿皮帐篷搭在河岸上方的岩石上，或许这样他们会觉得比较有在家乡的感觉；花楸族的草皮圆形屋顶低矮地坐落在牧草地上；鲑鱼族的鱼皮帐篷则驻扎在前滩一带；海鹰族似乎什么都不在乎，一见什么地方有空地，他们就在那里随便打上木桩；来自森林旷野的氏族都在树林附近驻扎，可是托瑞克没看到乌鸦族那种正前方有开口的帐篷。

"听说狼族南下去了。"有个男人开口说话，距离近得吓人。

托瑞克定住不敢乱动。

"总算是摆脱了！"另一个男的烦厌地说，"只要有他们在，我就觉得不舒服。"

隐约响起一声诅咒，他们其中一人被树根绊倒了。

"话说回来，他们实在应该留下的。"最先说话的那个男人说，"这既然是氏族集会，目的不就是要所有氏族集合？"

"那森林深处的氏族呢？"他的伙伴问，"也一样没什么消息。"

"我听人说野牛族和森林野马族处得不太愉快……"

他们往河边走去，声音渐渐消失。托瑞克赶紧再吸一口气。

过了好一会儿，托瑞克才敢稍微走动。他紧靠着森林边缘，来到一个四周长满松树的山谷，那里有一群人围坐在主营火旁边，烘干的鲑鱼味和正在烧烤的肉味，混着人说话的声音、笛声、鼓声一起飘出。

这堆营火是用三段松木搭起来的，火势沿着木段燃烧，是乌鸦族的长形营火。他找到他们了。

他口干舌燥地躲在火光照不到的紫杉林里。

他看见芬·肯丁专注地和鲑鱼族领袖谈话，两人一边说话一边从发亮的红鹿肋骨处切下肉块，放入众人碗里。

他看见莎恩，以及两个坐在一旁的其他族的巫师。他们围着一堆小营火，火里飘出一股令人头晕的杜松香味。其中一个巫师扔出一把骨头，观察骨头坠落的情况；另一个审视着迂回飘上天空的烟。莎恩前后摇动，口中喃喃念着咒语。

就在托瑞克上方，一根树枝发出嘎吱一声，一只乌鸦低头凝视着他，双眼明亮而无情。他拜托它不要透露他的行迹。

守护灵张开翅膀飞走了，一个俯冲，来到巫师的营火上方盘旋。莎恩抬头，目光跟着它移动，然后她一个转身，直直朝托瑞克望过来。

她看不到你的，他这么告诉自己，但是在火光中，这个乌鸦族巫师像是知道什么秘密似的目光发红。天知道她究竟看到了什么。

就在托瑞克快撑不下去的时候，莎恩转回身，继续念她的咒语。

他松了一口气，抖了抖身子，看到一张被火光照得发亮的脸。他看到野猪族领袖对着鲸族领袖伸出手指，好像是要他往某个方向看。阿奇就坐在旁边，看着他父亲，表情奇怪又复杂，像是又害怕又期待。

然后托瑞克看到了她。

芮恩盘腿坐在人群最前方，沉着一张脸望着焰火。她的脸色苍白，右手上臂包着软质的鹿皮，除此之外，她看起来似乎没什么大碍。

他总算可以砰的一声放下胸口上那块大石头了。

她很好，没事。

一条狗慢步向他走来，真好运，这条他认识。他嘘了几声，赶走了它。

下一次他可不见得再这么好运，他得趁着他们还没发现他之前，赶快离开。

他停在原地没动。

也许他是想再看芮恩一眼，也或许他抱着很大的希望，以为自己

的食魂者标记已经切除，他可以再踏入火光之中，而大家也都会欢迎他再回来。

他停在原地。

于是一切都改变了。

月在天上缓缓移动，托瑞克仍在观望。

他看着男女老少，把大杯子浸在一桶桶酿好的桦树血中。他看着他们走进长形营火周围的空地，说故事，放声高唱。

一个柳族男人配合鹿蹄响环和鸭骨笛子的乐声，吟咏着鲑鱼的洄游。

一个花楸族女人把手放在皮革后移动，借着火光照射，作出一只来回巡行的熊影。

短短的夏夜就这样消磨过去，托瑞克发现自己很喜欢这些故事；在类似这样的夜里，各个氏族述说着从"太初"以来的所有古老记忆。

过了好一会儿，他才发现芮恩的脸色竟苍白得像白垩土似的。

两个戴着面具的人影正绕着营火在跳舞，其中演蚊子的那个有着尖尖长长的针嘴，另一个演的是头暴躁的麋鹿。由一个蛇族女人戴上面具扮演的蚊子，火速地向四周晃去，一边嗡嗡叫，一边伸出那枚针嘴，逗得孩子们尖叫声不断，惹得孩子的父母哈哈大笑。但是芮恩只盯着麋鹿看，她的嘴紧闭成一条直线，定睛望着那人顶着那对鹿角在暗影中冲来冲去。托瑞克看得出来，她又想到那起攻击事件。

就在麋鹿刚好走到营火另一侧，那只蚊子走来正对着她。她心烦意乱地用手把她挥走，但是她嗡嗡嗡嗡地又回来了，就好像真的蚊子那样。

离她远一点，托瑞克激动地在心里想。

就在蚊子慢慢靠近、打算再度进攻的时候，一名年轻男子站了起来，一只手轻轻抓住蚊子的针嘴，另一只手则作势要打蚊子，由于他把动作做得十分滑稽，蛇族女人索性配合他开起玩笑，用着愤愤不平的嗡嗡声低飞离开，看得大家纷纷笑了起来。

芮恩朝那名年轻男子投去一个感激的眼色，那男子耸耸肩，坐了回去。托瑞克于是看到他手上的波浪纹蓝色图腾：是海豹族的标记。他差一点就大叫了出来。

是贝尔，他的亲人。

比起去年夏天，贝尔长得更壮了些，火光照得他刚长出的胡子闪闪发亮，除此之外，他并没什么改变。还是一样的淡色长发，一样串着贝壳和胡瓜鱼骨，一样聪明的面孔，一样像是盛满海上日光的蓝眼睛。

上次两人见面的时候，还说以后要一起打猎，当时托瑞克还开了个玩笑，说什么森林里的海豹。现在想起这些，真让人难过。

突然间，一声号角轰轰轰地翻天盖地。

乌鸦群从树林里火速地飞冲出来。

无论是跳舞的人还是观众，全安静下来。

莎恩倚着她的手杖，一跳一跳地出现在火光中。"有个食魂者！"她大声喊道，"有个食魂者来到我们当中！"

恐惧像涟漪般在人群中迅速扩散。

"我在骨中看到了。"乌鸦族巫师用低沉沙哑的声音说，同时绕着营火走动，仔细查看他们每一个人的脸。"我在烟中见到了，有个食魂者就在我们之中——一个深入骨髓的食魂者！"

大家把小孩紧紧抱住，并且牢牢抓着护身符和武器。芬·肯丁看着同族的巫师搜寻着邪魔之人，表情始终没有改变。

对于躲在紫杉林中阴暗处的托瑞克，莎恩感应到的这个讯息，重重打击了他。一个深入骨髓的食魂者……

他让那枚标记留在他胸口太久了，标记已经向内侵蚀，进入他的骨头，他已经跟那些食魂者一样了，他永远无法自由了。

仪式失败。

第十节

长形营火四周一阵骚动，狗群狂吠，众人嗡嗡嗡地说个不停。嘴巴个个因恐惧而扭曲，眼睛个个成了飘忽的空洞。

芬·肯丁要大家冷静，骚动渐渐平息。

"我们现在非去把他揪出来不可。"阿奇大喊，"如果我们不……"

"如果你现在就去。"乌鸦族领袖说，"那你就太冲动了。别忘了，那儿有的可不止一个放逐者，想想看还有橡树族的巫师，蛇族的巫师，鹰鹑族的巫师，三个力量强大的食魂者，他们无处不在。你真的有这个力量一个人和他们战斗吗，阿奇？你们之中谁有这个力量？"

阿奇本来要回话，但他的父亲对他吼了一声，阿奇立刻一缩，像是在闪躲来势汹汹的拳头。

托瑞克什么都明白了，他飞快地离去。之前他居然会愚蠢地以为大家会再接纳他回去。他们再也不会接纳他了。

他一边跑，胸口的伤疤裂了开来，他痛苦地喘着气。**"只要我轻轻一拉，你就会被牵引出来。"**蛇族巫师轻声地说。

他拿回睡袋，选择走另一条小径，好分散他的气味。就在他穿越树林时，他一眼瞥见乌鸦族的帐篷里头空无一人。

每多一秒，危险就多增一分。明知如此，他却还是无法离开。他这一离开将会是永远离开，他很清楚这点，但是他一定要再去找他们最后一次，他一定要说声再见。

他找到乌鸦族领袖的帐篷，悄悄溜了进去。芬·肯丁的斧头就靠放在门柱旁边，还有他的弓、他的鱼叉，却完全不见芮恩的东西，这很奇怪。

他的斧头。

这斧头真漂亮，磨光的绿石斧身，嵌着结实的桦木斧柄。这把斧头托瑞克握起来十分合手，当他的手指紧握着它，他立时感觉到乌鸦族领袖的力量，他的意志力。托瑞克自己的斧头在极北时弄丢了，芬·肯丁曾帮他做了一把新的。芬·肯丁原本还要教他好多好多事的。

他的手握得更紧了。偷别人的斧头你已经够糟糕的了，你居然偷芬·肯丁的……

但是他需要它。

他连自己都无法相信自己在做什么，他把斧头系在腰间，继续往前走，想找出芮恩居住的帐篷。再待下去简直是自寻死路，但他就是非找到不可，否则绝不离开。

他很惊讶地发现，她现在竟和莎恩同住在一顶帐篷里；他闻得出老巫师腐朽的气味，芮恩一定十分不愿意。

看到了她的用品，他心里一阵难过，它们全凌乱地堆在角落里。她心爱的弓挂在横梁上，他伸手去摸，好像又听到她说话的声音：挪揄、亲切。在他们最初相遇的那天，乌鸦族是他的敌人，他必须为了保命而战斗，后来她曾拿了一大杯接骨木浆果汁给他，说：**"公平起见"**。

在她的柳枝睡垫上，放着一个他从未见过的新药袋。她一定是因为把自己原有的药袋给了他，才又做了一个新的。他把药袋里的东西倒出来，在晒干的蘑菇和几团头发里，有样东西让他大吃一惊，他看到去年夏天，他画上自己氏族图腾的那一枚白色圆石，她竟然一直留着它没扔。

他把手覆盖在石头上，这将让她清清楚楚地明白，他是再也不会回来了。

羊手

他压低身子火速前冲，朝着上游，依附着河边的灌木丛快跑。他才跑了一小段距离，就听到细微、鬼祟的追踪声音。

这不可能是阿奇，若是他，绝不可能这么小声。不管来者何人，他们都很优秀，移动时几乎不发一点声音，始终停留在暗影里。

他们是很优秀，但他却更高明。

河两岸的杨树有一半浸在水里，水很深但水流很慢，托瑞克脱下靴子，绑起来套在脖子上，然后他平均地把箭袋、弓，以及卷成长条状的睡袋放在头上，走进河里。河水冷得他喘不过气，但是他咬紧牙关，一直走到河水及胸的地方。

他让两脚逆流而立，持续等着。他听到树林子那边有拍水的声音，接着是鬼鬼祟祟的脚步声。

河岸那边有人轻声叫唤他的名字。

他绷紧了全身。

"托瑞克！"芮恩再次小声地叫他，"你在哪里？"

他没回答。

跟着是另一个人的声音："兄弟！是我！"

托瑞克害怕地缩起来。

"这里只有我们，我发誓！"贝尔以粗哑的嗓子低声地说。"出来吧！我不会伤害你的！芮恩把事情都告诉我了，我知道你被人放逐，但是我们仍旧是亲人，我希望能帮上什么忙！"

托瑞克紧闭着嘴，芮恩已冒着生命危险帮过他了，结果却是一败涂地，他不能再连累芮恩或贝尔，害他们身处险境了。

一如所有猎者都知道的，芮恩和贝尔很清楚等待这回事。托瑞克也一样。

最后，他听到贝尔轻声叹了口气，对芮恩说："走吧！"

"不要！"她抗议地说。托瑞克听到树枝摇动的声音，她不断靠近。突然间，她人已来到水边。

"托瑞克！"她不顾一切地放声大喊，"我知道你在这里，我感觉得到你在听我说话！拜托！拜托！你一定要让我们帮你！"

不回贝尔的话已经很让他难受了，如今这样对芮恩视而不见，更是托瑞克所经历过的最痛苦的事。那种想大喊出来的冲动，想发送出只有她了解的暗示，几乎就要淹没他。回营地去吧！他在心里求她，我快受不了了。

贝尔拍拍芮恩的肩。"算了吧！他或许根本不在那里，也或许他真的不想出来。"

她生气地把他的手甩开，但是当他回头往营地开步，她还是跟着他走了。

托瑞克一直等到两人确实离开，才涉水回头，走上干燥的地面。他冷得失去感觉，赶紧穿上靴子。胸口的伤疤裂开了，他感觉有热热的东西从里头流渗出来。很好，尽管流血吧！

他沿着河流往上游跑，用尽所有力气，好让自己不再有力气多想什么，但终究他还是得停下来。托瑞克让身子往空地边上一棵白杨树上一倒，天不久就要亮了，远远的，他听到狗叫声。

他发现他一直紧紧握着从芮恩药袋里拿出的那枚圆石，他凝视着那几条点状直线，过去他一直认定那是自己的氏族图腾，而今，却成了毫无意义的污斑。

那是过去的托瑞克了，他心想。

他恍然明白，原来过去半个月来，他始终没正视自己被放逐这回事，而且还不断寻找各种借口，想接近乌鸦族。一直以来，他根本就像那头哭着找母亲的小麋鹿一样，它如果不学会用自己的力量活下来，迟早都会没命。他不该犯下这样的错误。

他把拳头紧紧压在圆石上。扔了吧！把一切都扔到脑后吧！

他把圆石塞进白杨树上的一个裂口，随即跑开。

薄雾为蕨丛挂上串串水珠，为白杨树叶添上一层朦胧的雾光，托瑞克的圆石完好无缺地躺卧在它平滑的怀里。

一头雄獐鹿进到空地，吃起嫩叶；一只知更鸟开口放声高唱；一只燕八哥醒了过来。烈日升空，烧散了薄雾。

突然间，獐鹿猛地一抽，飞一样地逃走，知更鸟和燕八哥惊慌地

一边尖叫，一边火速飞离。

一袭黑影笼罩在白杨树上。

森林屏息静待。

一只绿手伸了出来，拿走了树缝里的圆石。

第十一节

"他在这里，我感觉得到。"阿奇说。

"嗯！我可感觉不到。"柳族女孩喘着气，费力地以桨拨动水流，好让自己保持在他旁边。"他会不会没走东边，其实是往南走？那毕竟是他以前活动的地方。"

"就因为这样，其他人才会朝南去拦截他。"阿奇大吼一声。

"我们往上游走得太远了！"洛特不安地说，"我们应该回去了。"

"不行！"阿奇怒声打断他的话。

"那至少让我们休息一下吧！"另一个男孩抗议地说，"如果要我再划下去，我的手一定会断掉。"

"我也是。"女孩急喘着说，"那里有个小湾可以回头，咱们走吧！"

有人小声说好，阿奇只好勉为其难地答应。他们把独木舟绕转回头。

躲在柳树上的托瑞克松了一口气。待他确定那不是虚张声势的伎俩之后，他溜进水里，涉水往河岸走去。

狼在等他，他兴致高昂地看着托瑞克把青草塞进靴子里暖脚，接着便一起往上游走。

一天下来，猎人在双子河东方和斧柄河上方始终对他紧追不舍。只要托瑞克一打算往南走，立刻就出现第二队猎人，逼得他不得不回头。他只能待在河边的灌木丛中，才不至于让他们闻出气味。

他又冷又湿，从前晚开始，就一直没睡觉。他开始漫不经心起来，像刚才，他就绊到一头正在水里舒服打滚的野猪，他之前居然都没有看到它的踪迹。这连五岁的小孩都看得到啊！

因为阿奇，他已经放弃了南下的念头。他唯一的希望是跨越斧柄河，从那里上小峡谷，转往北走。那里地势荒凉，猎物很少，很少有人会冒险到那里去，除了少数怪异落单的浪人。这才是重点。

河流渐渐生气起来，他听到湍急的水流从远方传来怒吼。这时早晨大概已经过了一半，狼全身耸了起来。跟着托瑞克也听到了：短桨划破水流的声音，狗群喘息着，始终和独木舟平行。阿奇和他的朋友并没有休息很久。

托瑞克穿过柳树林泥沼，一边走一边用力踩脚下长满兔草的草地，他必须小心，不能在这草上留下脚印，这种淡绿色的苔藓很特别，一旦踩出脚印，脚印连着几天都不会消失。狼要应付这点方便多了，他的脚掌大，还有些微网状，所以他可以从草地上轻盈地跑过去。

托瑞克感到不知所措，因为他看到追他的人并没有继续往上游走，反而穿河而过，仿佛看穿了他的计划。他们坐在独木舟里，轻松地行动。他看到他们把独木舟高举起来，扛在肩上，爬上河岸。他们打算扛着船绕过急流，到上面埋伏，等他出现。

他别无选择，只好继续走。

河流愈来愈狂暴，水花拍在岩石上，溅得他全身湿透。当他四肢并用地爬经湍流那一带，便注意到追他的人就在对岸。凭记忆，托瑞克猜他应该已经快接近河对岸了，要到达那儿，可以从斧柄山谷连上两座小峡谷。前年秋天，他和芮恩曾找到一棵倒了的橡树，利用它过河，或许……

橡树不见了，被大水冲走了。

一时间，托瑞克不知如何是好。他头很痛，脑子轰轰轰地无法思考。无论如何都一定要想出办法过去才行。

有了，就在前面，那儿河谷窄缩，灌木丛全没入水中，只剩一些圆石和散落的树木。有棵松树倒下来，横跨在河面上，就在往前十步远的地方。若要走在上头，恐怕不怎么稳当，因为树皮湿滑，又有树枝突出来，而且托瑞克伸手摸了摸树身，它居然还晃了一下。

勉强还可以，他对自己说。

他心里隐隐知道这样做不对，但很奇怪地，他就是要这么做。

狼轻松地跑过树身，跳过突出的树枝。他一到对岸，立刻转向托

瑞克，摇摇尾巴。**简单！**

不，一点也不简单，托瑞克很想这么说，用你这双套着湿滑鹿皮的手和膝盖，背上还背了一个睡袋、一把弓、一个箭袋，而且也没长爪子，根本就不简单。

就在他快走过去的时候，听到说话的声音。他往下瞥了一眼，吓得差点掉下去。

蓝色的河水和白色的水花在长满青苔的圆石边上打旋，在其中一块石头上，在他正下方，阿奇和洛特就站在那里。

托瑞克屏住呼吸，若是他们其中一个人抬头一看……

"我受够了。"洛特说，"我要回去了。"

"我可没这打算。"阿奇暴躁地说。

托瑞克试图往前移动，但是芮恩送他的花楸果腕套卡到了树枝。他用尽办法想解开，树摇了起来。

"其他人都已经回去了，我们当然也该回去。我们跑得太远了。"洛特说。

托瑞克再次用力想扯出腕套，腕套啪的一声断裂，花楸果弹到石头上。

幸好，阿奇只顾着生气，没怎么注意。"如果你现在要走，那你就自己走回去，船我要留下来！"

"那你去啊！"洛特先是顶回去，接着又较为平静地说，"阿奇，这样真的不好！你为什么那么恨他？"

"我才没有！"阿奇暴怒地说。

"那你为什么要这么做？"

"我说了我会抓到他！我跟我爸说了，若没抓到我就不回去。"

"那你只好自己一个人去，我可不奉陪，我们把粮食分一分，然后你就走你自己的。"

托瑞克虚弱地松了一口气，看着他们朝下游走去。

他刚准备继续前进，这时响起阿奇的声音："我知道你就在那儿，食魂者！我会把你揪出来的！我用我的灵魂发誓，我一定会把你揪出来，我一定会逮到你的。"

狼在对岸等他，可是托瑞克却没和他打招呼。他缩在湿透的衣服里，想着阿奇发出的威胁是那样充满决心。

他看一眼狼，他们相处在一起的每时每刻，都会带给他危险。氏族法律虽然禁止杀害猎者，但若出于自卫就另当别论。万一以后打起来，狼为了保护自己的狼兄弟，受到阿奇射杀，怎么办？

忽然他慌了起来，他不能没有狼啊！

这是唯一的法子，他告诉自己，这只是暂时而已。

分开吧！托瑞克用狼的话语对他的狼兄弟说。

狼不解地望了他一眼。

托瑞克没办法让他理解这只是暂时的办法，只因为阿奇就在附近。托瑞克铁了心，再次下令。**分开吧！**

狼的样子看起来很不高兴，他抖抖身子，小跑步没入蕨丛中。

好一段时间，托瑞克没再听到阿奇或狗群的声音，也没再看到狼的踪影。

他的脑子里持续轰隆隆的，胸前的伤口抽痛不已。他不断把嚼过的柳树皮抹在伤口上，但似乎为时已晚，伤口始终无法愈合。这股抽痛像是不断在提醒他，追猎他的人不只阿奇，食魂者他们早已用看不见的鱼叉将他钩住，而且正在拉他进去。

地面上的石头愈来愈多，河岸从他脚下所站的地方遽然往下切入斧柄河。他虽然已离开湍流好一段时间，但是那如雷的水声却仍充塞在他脑海中。

他靠在一棵桦树上，狼吞虎咽地吃下最后一条芮恩给他的血肠。他不必烦心奉献的问题，所有东西他可以独自享用。

他觉得口很渴，但是从这里下到河面，坡太陡，于是他在桦树身

上划了一刀，喝了起来。他放任树皮继续渗着树血，自己蹒跚离开。他知道这样做不对，但他毕竟已经这么做了。不知名的东西夹在他与森林之间，但他太累，斗不过它。

在他下方，河水很深而且流得很快。他是该再继续往前，还是找个掩护躲起来？他决定继续往前。

错误的决定。圆石上满是苔藓，很不牢靠，他跌了一跤，一路跌撞着滚下山坡。

最后，他四仰八叉地趴在水边的石头上，这里的树林十分稀疏，就在他挣扎着要起身时，他清楚地看到在下游有一艘独木舟在河湾一带寻觅。

阿奇一眼就看到了他，立刻发出胜利的吼声。

托瑞克一急，赶忙向四周张望。没时间往上爬了，而且就在前方，有块大石头挡住了他的去路，他已无路可走。

而阿奇，却有着满袋子的箭。

第十二节

托瑞克丢下所有随时携带的东西，纵身往河里一跳。

河水的冰冷重创着他的胸口，水流不断拉扯着他的靴子，散乱的发丝弄得他什么都看不到。他游到柳树林那里浮出水面，吐了一口水，接着攀住其中一棵树，但那没办法给他掩护，他赶紧深吸一口气，再次没入水中。

黑暗的河水，一心想把他往阿奇手中送。他的手指麻得无法抓住东西，水流不断旋转他的身体。突然间，他看到一段浮木，眼看自己就要撞上了。

他试图潜水，但潜得不够深，太阳穴还是撞上了浮木。他踢着水，浮了上来，看到一线阳光，以及一支正准备朝他胸口刺下的鱼叉。他刚才撞到的原来不是浮木，而是阿奇的独木舟。

狂乱中，托瑞克一个转身潜到船下。阿奇出其不意地从船的另一侧冒出来，他一直等在那儿。鱼叉再次刺过来，托瑞克再次潜到船底下。

他的腿麻得像石头一样，胸口痛到就快胀破。忽然他灵机一动，想起之前他用来盛接桦树血的空心接骨木枝。之前应该留着，之前应该想到的……

他再次浮出水面，但这一次，就在阿奇朝他刺下来时，托瑞克一把抓住鱼叉柄，用尽力气拼命拉扯，阿奇大叫一声，从船边摔了下去。

他俩扭打在了一起，都拼命地想从对方手中抢下鱼叉。阿奇硬是让鱼叉柄往托瑞克的下颌撞，跟着猛地把他摔到船边。托瑞克被摔得喘不过气来，便把膝盖踢向阿奇的腹股沟，阿奇大叫一声，松开鱼叉。托瑞克扑过去要拿，但河水却冲走了鱼叉。

那一扑，差点就要了他的命。就在他伸手要拿鱼叉时，阿奇死命抓住他的头发，把他往下推。托瑞克连打了几个滚，急忙抓住阿奇的背心、绑腿，反正能抓什么就抓什么，但就是抓不住湿滑的鹿皮，就是松不开抓住他头发的手。他眼前渐渐模糊，张开嘴巴想大叫，河水却带走了他的气息。就在最后一刻，他一个回身，张口狠狠咬住阿奇的大腿。

紧接着一声不很明显的吼叫，阿奇放开了他。托瑞克火速冲出水面，像条被钓上岸的鲑鱼似地大口吸着气。

他强迫自己再度潜下水，逆流游到独木舟上游一带的杨树当中才浮出水面。阿奇在下游，他抱着一棵树，使劲地喘气，一头竖立的短发清楚可见。小船就在他们中间，卡在柳树林中。这让托瑞克心生一计。

他潜到水面下，顺着水波流动，无波无澜地来到船旁边。他听到阿奇在船的另一侧急喘个不停，但看不到他人。由这个野猪族男孩的声音听来，他似乎已精疲力竭，托瑞克于是犹豫了。接下来，却像是有一片碎骨直接刺进他的心，他顿时变得毫无感情。

他靠着一棵柳树撑住他的肩膀，两只脚全力踢向独木舟，小船就像匹森林野马似地突然跳了起来。他继续再踢，小船被撞得松开，然后随着河水流动起来。

就在独木舟撞向阿奇的那一刻，托瑞克攀住一棵树，身子往上一甩，高高地看得很清楚。他看到那个男孩的头抽动了一下，一双眼睛在恐惧中睁得大大的。他看到沉重的橡木啪地朝他撞去，带着他往下流去，往下冲到湍流那里。阿奇甚至来不及开口大叫。

托瑞克冷冷地攀着那棵树。水流柔和地拍打着河岸，下游除了湍流的吼声，再没声音传过来。

托瑞克转身，逆流往上游到之前他丢弃随身物品的地方。他勉强自己爬上岸，整个人倏地垮下来。他嘴里满是泥土的味道，鼻孔充塞着苔藓的腥臭，胸前的伤口不断发疼。

他拿回自己的东西，发现岩石间有一条上坡路，是他之前没注意到的，于是托瑞克开始往上爬。花岗石刮伤他没穿鞋的脚，他这才想起，他的靴子被河水冲走了，他耸了耸肩。

到达顶峰时，照着来时的路往回走，直走到看见湍流才停步。他

要确定。

独木舟撞在湍流上方的圆石上，在圆石和船之间，托瑞克瞄到一只手，那手毫无动静，也许阿奇失去了意识，淹得半死不活的，也说不定他已经没气了。托瑞克完全不觉得这有什么。

他抽出刀子，切下一根接骨木的细枝，削整后，做成一个可用来呼吸的空心管子。然后他把管子塞进腰带，继续往上游走去，任凭命运决定阿奇的生死。

"无尾高个子"有点奇怪。

狼对他的狼兄弟有这种感觉已有好一阵子了。"无尾高个子"不再倾听狼说话，甚至也不听森林的声音，而且他开始做一些很坏的事情。

情况愈来愈糟了，坏东西正从里头啃蚀着他，就好像狼在冰原时，坏东西啃蚀他的尾巴一样。

狼很担心，他一直尾随着他的狼兄弟，只是没让他看见，因为"无尾高个子"叫他走开，虽说如此，但他还是紧紧守着他。

这会儿狼和他平行并进，他们沿着斧柄河，朝山上走去。当在树林间迂回前进时，狼嗅到水獭和海狸的气味，另外还有些被掩盖的"不一样的"味道。他不知道该怎么做才好，于是便咀嚼了一根杜松枝，这才感觉好过点儿。

突然间，他嗅到狼的气味。

这个味道立刻占据他的嗅觉，没错，新鲜的狼尿，以及带头狼浓烈香甜的独特气味。

他的心猛地跳了一下。他认得这个味道！是山上那一群狼！

狼高兴得发狂，立刻简短地吠了两声。**你们在哪里？**

风传来响应的狼嗥声，狼飞快地朝着那个方向快奔。这么一来，他就有了狼群伙伴，**还可以帮"无尾高个子"的忙！**这正是"无尾高

"个子"亟需的：回到同类伙伴中，回到狼群之中！

他很快就找到了它们，因为它们停在一条河边，清洗口鼻上的血迹。当狼快步跑向它们，他马上明白，打猎成绩很好：他在它们的毛皮上闻到鹿血的味道，并且看到它们的肚子下垂着即将要带回"洞穴"的肉。

带头的依旧是那一对狼，不过还是有改变，这也是任何一个狼群都会有的。老狼不在了，喜欢挖找老鼠的那只狼跛脚了，而且地位降格了；倒是当年和狼一起在山上玩耍的幼狼们，现在都和他一样是年轻的成年狼了，虽然体型比他小了一点。

其中一只长得很漂亮、毛色深暗的雌狼，它很擅长捕捉旅鼠。它捕捉到狼的气味，尾巴立刻兴奋地抽动起来，但是它并没有前来跟狼打招呼，因为狼是否可以归队，这得看领袖如何决定。

疾跑中的狼一个停步，很礼貌地以一只年轻成年狼向长辈打招呼的方式，慢慢走向带头的雌狼。他把耳朵往后贴，身子放低，慢慢前进，为自己离开了这么久而道歉。

带头狼傲慢地把目光移开。它以惊人的速度，猛然咬住狼的口鼻，把狼摔在地上，然后跨站在他身上，放声咆哮。

狼笨拙地摆动尾巴，轻声哀鸣。

狼群全在一旁观看。

带头狼将狼放开，抬起头，眯起双眼。狼明白这个暗示，便去舔带头狼的口鼻，尊敬地低鸣，摇动身体后部，感谢它答应让他归队。

这时，带头雌狼用肩把它的伴侣推到一旁，换它来接受问候。再然后，每一只狼也都跟着照做，热情的轻咬问候、磨蹭侧腹。

"深色"好玩地用爪子扒着狼的肩膀，结果身子却被一只黑耳雄狼用力推开，他正是年轻成年狼的领袖。"黑耳"想用口鼻把狼压住，但是狼挣扎着逃开"黑耳"的压制，反过来用口鼻压住它，迅速让它侧倒在地，并且跨站在它身上，咆哮着直到"黑耳"摇着尾巴道歉。狼放开它，舔了舔它的鼻子，表示这件事大家都同意了。**这就是**

说，我现在在狼群的地位比你高了。事情就这么定了。

同时，狼在它们的毛皮上吸取幼狼美好香甜的味道，幼狼的热情在他胸中温暖燃烧。噢！赶快奔到"洞穴"去见它们吧！去嗅闻它们，让它们在自己身上爬上爬下！

你离开是为了什么呢？ "深色"瞄了他一眼，抽了下尾巴问他。

你们又是为了什么离开圣山呢？狼反问。

其他狼聚拢过来，他从它们身上听到了各式各样的答案。"雪崩"、"大雪"、"幼仔"、"古老的洞穴"、"冰河"、"怪怪的味道"、"被需要"、"被派遣"……

突然间，带头狼昂起口鼻，朝着空中嗅寻，然后它对着狼弹了一下耳朵。你现在就跟我们一起去打猎。

狼摇了摇尾巴。**我要带着我的狼兄弟一起**。

紧张的气氛升起。你属于这个狼群，和其他没关系。

狼担心地先是低下头，接着又抬头。他是我的狼兄弟，他是——他没有尾巴，他用后腿跑步。

带头雌狼烦躁地抽动了一下。**他不是狼？**

狼低鸣一声，垂下两只耳朵——尽可能保持礼貌地表示——事情倒也不是这样。

带头的两只狼对看了一眼，"深色"困惑地望着狼。

带头雄狼迈步出发，走了走，它灰色的头转了过来。**一只狼是不会属于两个狼群的**。

狼垂下尾巴。

天空暗了下来，雨开始落下。

狼站在雨里头，看着圣山那群狼快步离开，跑进树林里。

第十三节

下雨了，托瑞克冷极了，落石弄坏了他的帐篷，好在他及时逃了出来。

半个月来，他都在斧柄河一带的小峡谷勉强活命。他感觉应该有半个月了。虽然他对时间根本失去感觉，一如他已不再有追踪猎物的技能。当狼陪在他身边的时候，一切都会好很多，然而这时候，他却又开始担心狼的安危，然后又叫他离开，然后一切就又变糟。

如今，山石逼得他不得不离开峡谷。也许是隐形人搞的鬼，他们无所不在：树上、岩石间、水里。也许此时此刻，他们正监视着他。

他扛起弓，开步往前走，喃喃地说："一步一步来，就是要这样！"

他感到一阵刺痛。芬·肯丁曾这么对他说，可是芬·肯丁也放逐了他。想到芬·肯丁，托瑞克心里就好痛。

想到芮恩也痛，她现在有贝尔了，他曾亲眼目睹，她已经不再需要他了。

他来到斧柄河俯身喝水，他的名字灵魂瞪着眼回看着他，他赶紧把身子缩了回去。他的样子看起来就好像行者，肮脏、疯癫，难道他真的将这么终此一生？

他跌跌撞撞地往上游走，一路喃喃自语，用手指摸着胸前的伤口。他已经把伤口尽力缝上了线，可它还是不愿愈合。

他走了很长一段时间，直走到森林最边缘的地带，这才发现自己站在山腰上，东风冷冷地吹在他脸上，就像是呼吸结冰般。在他前方，一路延伸向前，就是高山区，那里有个很大的内陆海：看起来像是没有尽头的蒙蒙灰光。湖、雾、雨。他分不清最先是哪一个，最后又是哪一个，整个世界已经全化成了水。

斧头湖，他呆呆地想着，这个一定就是斧头湖。

一声怪异、颤抖的哭喊划破了天空。

托瑞克吓了一跳。

哭声渐渐远去，回音仍在他脑中响个不停。

"斧头湖，它——很不一样。"芮恩曾这么告诉他。"水獭族也是。"托瑞克虽然曾在去年冬天的祭典上看过水獭，但他还是不知道水獭族的人是什么样子，他只知道行者以前是水獭族的人，后来族人将他放逐。

在他下方，有斧柄河的水从沼泽的芦苇丛中流渗出来。往南，茫茫薄雾中闪烁着一片绿光。那个肯定就是水獭族的营地。他想起他以前听人说过，他们只在南岸扎营，他不知道为什么。

那么最好还是离南岸远一点，别离开北边。

狼跑出来，压抑地只对他做了个简单的问候，用湿湿的侧腹轻磨他的大腿。他们一起往山下走。

地面愈来愈湿，他们在草丛中跳来跳去，溅起一道道银色的水花。先前遇到的芦苇丛只到膝盖，眼下的芦苇丛却高大逼人，似乎比人类中最高的人还高。

托瑞克恨透了它们。他恨这些阴暗发臭、不断拍打他们脚的水，恨它们像刀一样令人看了害怕的叶子，恨它们一个个低垂着头，狡猾地看着他们走过去。

他来到一个草丛，那草丛很像是个正准备要起身的驼背老人。草丛另一头，有条走道通往芦苇丛，那不过是用树皮绳捆住的几段木头，但是托瑞克感觉到它的力量，而且仔细听，还隐约听到微弱的轻哼。

别想让我进去那里。

他靠着右边的芦苇丛，一路踩踏往北走。他松了口气，狼终于找到坚实的地面：一条沿着岸边的麋鹿小径。可是才不久，雾气再次笼罩，他的心顿时下沉。

狼也一样，他放轻脚步往前走，看起来像是很不安的样子。再来，大雾将他整个吞没，只剩托瑞克一个人。他不敢发出狼嗥，他一想到可能会听到的回音就害怕。他伸出手，在黑暗中摸索前进。

突然间，狼朝着他冲了过来，睁大的双眼充满恐惧。他飞快跑到

托瑞克身边，然后就又消失在他们之前走的那条路上。就在这时候，托瑞克的手指陷入一片软软臭臭的湿黏物中。他倒抽一口气，赶忙向后跳开。红彤彤的东西，湿湿地拍着他的脸，他一把扯了下来。雾气渐淡，他的心猛地一紧，小径被堵住了，一团团如噩梦纠缠着，发着光的东西盘绕在那里。他的呼吸充满血的腥臭，他看到肥白蠕动的蛆，他踉踉跄跄地跌进一张网里，一张用肠子编成的网。

他低声哭着，飞快逃离，不断有网在碰到脸的地方擦了又擦。他在喷溅的水花中回到沼泽地，整个人跪倒在地，芦苇丛一波荡漾一波地笑了起来。

他回到走道这儿来了。

"不行。"他喃喃地说，"不可以进去。"

他朝着南方快跑，要跨越斧柄河的沼泽还算容易，而且狼跟他一起，他硕大的脚爪不会陷下去。

他们才跑了一会儿，就听到有人在说话。他们看到灯火上下晃动，是水獭族的猎人。

接着他们就出现了。矮小、轻盈的身材，带着鱼叉，凶恶的绿脸，划着用黄芦苇编成的快艇。

"就在那里！"其中一人大叫起来，"芦苇丛旁边！"

芦苇丛就在他左边，他右边是一座长满越橘的山坡，没有任何掩护。他对狼发出命令，要狼和他分开——狼照做——托瑞克下了水，走进芦苇丛中。

他把脚伸进软泥里，一脸痛苦。他强迫自己再踩下去一点，最后他只剩脖子以上的部位没下去。

雾气散了，前面再没看到芦苇丛。他来的这个地方是个开阔的水域。

他看到一棵榉树枝漂浮在水上，大概是暴风时被吹断的。他压低身子躲在树枝后面。

有东西从他脚上溜过去，他大叫了一声。

接着是水獭族此起彼伏的吼声，因为他们听到托瑞克的声音，立刻穿过薄雾朝他划来。三艘芦苇船，船头和船尾均呈一道弧线，就像水鸟一样。每艘船上都坐了两个猎人，一个划桨，另一个拿着灯芯小火和绿石鱼叉。

　　托瑞克藏身在树枝后面，透过树叶向外偷看。

　　就在他身后的某个地方，突然冒出一声他之前听到过的诡异、发颤的哭声。

　　水獭族人停了下来，接着中间那艘船上的女人把桨压深，往前一划，平稳地停在离托瑞克隐藏的那个树枝不到两步的地方。

　　他不敢再把身子压低，免得引起女人注意。

　　待她把船稳下，她的同伴粗略地朝芦苇丛查看，浑然不觉自己找寻的目标就在眼下。

　　他跟他的女伴一样，都穿着金色草编的贴身背心。一头棕色长发自然飘垂，就只在额头上绑了一条银色鱼皮头带；此外，他还把胡子扎成一条类似鱼尾的辫子。他的耳垂各穿着一枚骨制鱼钩，雕成鳟鱼跃起的形状，其中一枚垂着一撮深棕色的水獭毛皮。男人脸上涂满绿色泥巴。托瑞克看到他的眼睛和嘴巴四周，有细微的裂纹。他的氏族图腾是蓝绿色波纹，一波一波在喉咙上方起伏，使他的头简直就像一个突然从芦苇丛中冒出来的古怪豆荚。

　　一个长有眼睛的豆荚。他们被水光弄得很焦躁，飕地从托瑞克藏身的树枝旁边一闪而过，然后就转回头继续张望。

　　远远的，传来一声狼嗥。

　　只见那个水獭族男人轻轻嘘了一声，他的女伴则抚摸着氏族的动物毛皮。

　　又传来了几声狼嗥。托瑞克知道那是狼的声音，但他听不出来他想说什么，他只听出他很急迫。

　　狼嗥声弄得水獭族人很不安，女人驾着小船离开树枝，托瑞克在心里暗暗跟狼道谢。

一道水花在他身后溅起，他回头看见一只巨大的灰鸟，睁着灵动的红眼正盯着他看。它飞了起来，俯冲下扑，飞过水獭族人的上方。

女人看着它飞，跟着点了点头，像是大鸟说了什么。她举起手，对着别艘船上的伙伴作出一个波浪纹的手势，接着托瑞克就看见他们分散开来。

如果托瑞克离开掩护他的这个树枝，他们可能就会发现他；如果他待在原地，他们又可能将他包围。

除非……

那根接骨木枝他还带在身上，那管子不及前臂长。他不记得是否检查过那根管子，不确定它是否从头空心到尾，他得赶快把它找出来。

他用嘴唇抿住其中一端，沉入水中。

鼻子里全是水，但他强迫自己用嘴巴呼吸，同时祈祷着别让他们听到他的声音。慢慢地，他游向旁边，进入芦苇丛中，希望能悄悄离开他们封锁的范围。

要保持在刚好的深度，远比他想象的还要困难。他随身携带的东西不断把他往下拉，但他又得让空木枝往上伸直，他不得不踩着水，把头往后仰。托瑞克忍着又酸又痛的脖子，透过整片芦苇丛向外望去，在他上方，湖的表层又亮又硬，像冰一样，上头还漂浮着斑斑点点的落尘。

他听到有人轻咬食物喂鱼的声音，并且看到一道红光闪了过去，立刻，一大群红点鲑急速游了过去。他往下一瞄，发现底下就是湖底。一道一道的光从圆石上滑过，树身上盖满水草。他把脚伸进泥里，那儿有涡流一直在转，感觉像是有绿烟冒出来似的。他用空着的那只手去摸一片格子状垂下的芦苇，然后猛地向后一跳。

那不是芦苇，那是一张网，一张用树皮织成的网，挂在浮标上，以石头增加重量；因为它韧性很强，所以根本切不断，而且还大得让他怎么也看不到尽头。

他急急转身，往另一头看去，水獭族人渐渐将他包围。

他把接骨木枝丢开，潜入水中。

上方传来吼声，他们发现他了。

他往更深处游去，游到网子底下，很怕会有鱼叉朝他胸口刺来。

上方突然有灯光亮起，吼声愈来愈小，最后只剩下似有若无的轰轰声。他往下游去。

突然间，他发现远远的有种刺耳的尖叫声，他根本没来得及多想，那声音已飞快地朝他袭来，声音愈来愈大，一根冰针刺穿他的心智。

一串令人头昏眼花的泡泡，飕飕地从他身旁划过，接着又一串和前串十字交叉，接着又一串。他看到亮亮的鱼鳍一闪而过，听到一波波回荡在水中的笑声。恐惧占领他的身心，这声音他以前被冲到雷鸣瀑布上方时听过，是湖里的隐形人往他这儿来了。

他们成群围绕着他，没有骨头的手指头在他的眼睛和嘴巴上摸索。**你是我们的**，他们发出格格的声音说，**灵魂漂流的男孩！将你的银色气泡交给我们吧，我们会带着你下到至深的深渊！**

他的胸口受到强力拉扯，肋骨好像快碎了一样。黑暗的血流，遮蔽了他的视线。他像是一条鳗鱼般地蠕动身躯，甩脱身上的睡袋，接下来隐形人便将睡袋卷了去。

再然后是托瑞克的弓，箭袋的皮带卡在腰带上，他抽出刀，用力一砍，感觉有双手将弓拖到黑暗里。他抓住这个机会，朝着上方世界的亮光拼命地踢。

他顾不得鱼叉和猎人，整个人从水里冒了出来。

四周全是芦苇，没有动静，无声无息。接着他认出那丛像驼背老人的草丛，他又回到走道那里。窄窄的只有一只手宽，召唤着他，进入这个湿淋淋的绿色隧道。

远远的，他听到有人在说话，压低了声音，极尽惊恐。

"艾林发现了一个弓。"一个男的说，"南方偏西。"

97

"隐形人把他抓走了。"一个女的说。

"又或许是湖带他走的。"另一个年纪较长的男人插嘴说。

"别说话了，会被他们听到的！"一个年纪较轻的男人说，"快走吧！要不然他们会连我们一起带走！"

"如果我们就这样离开。"女人说，"我们什么也没带回去，就只有一把淹死了的放逐者的弓，这可不是阿南妲要我们出来找的东西。"

"如果阿南妲真想要把水治好。"年纪大的那个男人吼了起来，"她可以自己来找啊！我可不想靠近那一潭泉水。"

他们划着船慢慢离开，声音渐渐听不清楚。"密切注意这一带，免得他往南边来……"

托瑞克狼狈地拖着身子，来到比较坚实的地面，怔怔地望着那个走道。往南走，是水獭族的营地；往北，是那张恐怖的臭网子。他别无选择。

狼从雾中跑了出来，站在他的身旁。他好像一点也不觉得害怕。可是，他好像越来越没办法了解他的情绪了。

托瑞克终于明白，打从他被放逐之后，这个地方就一直在左右他的方向。东边，怎么走都是往东，直到最后来到这里。

胸口的伤抽痛起来，在嘶嘶作响的芦苇丛中，他好像又听到蛇族巫师舍丝露的声音。**"就像刺入海豹皮肤的鱼叉，只要我轻轻一拉，你就会被牵引出来，无论你怎么抵抗……"**

他已不想再抗拒了，他跟跄地从狼的身旁走过去，踏上那条走道。

在湖的北岸高地上，在一处满地硬石、没有雾气笼罩的岬角上，潺潺流着一条小溪。

小溪旁边，有一圈绿火正发着光亮。

火圈里放有一块圆石，上面画有狼族的氏族图腾。

圆石上面放着托瑞克一片干缩的皮，上头刺有食魂者的标记。

一条绿色泥蛇盘卷着圆石和割下来的这块皮。

慢慢地，泥土干了，这条蛇毫不留情地紧紧缠住皮和石头。

一只绿手在圆石上方来回晃动：一次、两次、三次。

有个声音轻柔地呢喃起来，间杂着焰火的爆裂声，宛如恶鬼悄悄地在邪恶的梦里来了又走。

当芦苇摇动，当风暴出动，就要想起我，

当雷怒吼，当风呼啸，就要想起我。

我是芦苇和风暴，我是雷和风，

我召唤你，将你我灵魂结合一起。

你永远不得有自己，

你属于我。

第十四节

这段木头走道摇摇晃晃的，托瑞克差点就跌到湖里去。他趴下来，用两只手紧紧攀着。

狼站在他身后，脚爪深深掐在圆木段里，他痛恨这个东西。

托瑞克毫无转身的余地，于是越过肩膀望出去，用目光传达鼓励。狼垂下耳朵，很不高兴地抽动尾巴。

走道不再摇晃，托瑞克于是站了起来。圆木段很不牢靠，芦苇丛又太密，他只好用手去拨，一摸到它们湿黏的长手指，他立刻把手缩回。

大雾再度笼罩，走道愈来愈窄，最后只剩一截一截的圆木段，靠着插在芦苇丛底的树桩来稳固。一个又一个的转弯，磨得托瑞克再没耐性，他不知道自己到底是走进了湖里，还是沿着湖岸在走。

有时候，会有褐色的酸水喷到他的脚上，又有的时候，他发现自己走在恶臭冲天的沼泽中间。芦苇丛也在改变：从尖端长着紫羽的长尖叶，变成嘎吱作响的长形藤条，而且藤端的棕色穗子还不时诡异地轻拍他的肩。它们不想要他来这里，如果他掉下去，它们一定会把他困在底下直到他淹死，就算没有它们，隐形人也一样会把他往泥浆里拖。

他见过这种事。有一次，他和爸爸发现一头红鹿，它脖子以下全陷在沼泽里。只见红鹿奄奄一息，但是他们却没办法了结它的痛苦。干预隐形人的需求会带来不幸，于是爸爸跪了下来，轻抚红鹿的脸庞，小声地祈祷，希望能帮助它顺利上路。后来，它那双棕色无神的眼睛，就经常出现在托瑞克的脑海中，他不知道它熬了多久才真正死去。

狼一声警告的"嗷呜"，将他唤回现实。

就在前面，有个不知名的东西蹲在圆木段上。

托瑞克把手放到肩上，但那里，当然摸不到任何氏族动物的毛皮。没有东西能护卫他躲开恶鬼或托卡若思。

他往前靠近一看，发现那并不是什么动物，而是一根为了铺出这段走道而插在那的树桩，高度直到他的胸口。树桩上涂有一层苍白的石灰，画在上头的小绿点连成一个炫目的鱼骨图形，上面放了一个绿土做的丑怪小头，头上嵌了两枚蜗壳纹的白眼睛。

闪闪发亮的光点令托瑞克头晕目眩，但是他却无法将目光移开。这东西存在着一股力量，充塞他的脑子，那就好像是打雷之后留下的隆隆巨声。

狼也感觉到了，于是把耳朵往后一贴。就连芦苇丛都倒向旁边，不敢稍有碰触。

托瑞克想起自己还带着芮恩的天鹅脚药袋，里头有他那只鹿角药罐和她的一绺头发。若是她，会怎么做？

手印，说不定能帮上什么忙。

药罐里的红土因潮湿而结成块状，他只好吐口口水，让红土松软。虽有湖水可用但他却没办法用。他往掌心倒了些水状的红土，在脸上画上标记。他也想帮狼画上一个——但要画在额上，以免他把标记舔掉——结果他只勉强涂上了些土。画完之后，他脑中的鸣叫声愈加严重，有人不喜欢他用大地之血。

他屏气凝神，沿着树桩边缘走过去。狼跟在后头，颈毛直竖。就在他们走过去的时候，芦苇丛狂怒地摇晃起来，鸣叫的声响持续加剧。

托瑞克来到走道上的一个弯口，就在那里，有一丛长出穗子的芦苇挡守着，并且立了三根树桩，没有嘴巴的绿土脸上怔怔地睁着一双白茫茫的眼睛。

不知什么东西滑过他的脸，他用力一拨，走道立刻发疯似地摇动起来。来不及了，这时他才看到前面尽头已经松开了，飘摇个不停。他的身子摇晃起来，他赶紧站好，退到狼那里，狼发出一声短促的狼嗥，差点掉下去。

他们站在一起，全身不断发抖，与此同时，四周的芦苇沙沙沙地摇晃起来。

"你到底想做什么？"托瑞克大叫起来。

芦苇立刻沉默无声。这可糟了，他实在不该乱吼乱叫的。

他屏住气息，设法往前走。

树桩不见了。

芦苇丛也变得不一样了。刚才那些围绕在树桩四周的芦苇，明明长有棕色的穗，而现在却变成紫色的羽叶。

托瑞克浑身战栗，恍然大悟这究竟是怎么回事：树桩根本没有移动，在移动的是这座走道。就在他拼命让自己站稳的时候，有人把圆木段又重排了一次。

打从走进这座芦苇底丛，他头一次有了转身离开的念头。但是他却怎么也转不了，一想到这里，他惊怕得不知所措，他的思绪已不再是自己的思绪。雾气已经渗入他的脑子，就在这里，在这个大雾茫茫、既非陆地也非湖里、不成世界的世界里，他正一点一滴地失去自己。

狼用鼻子轻推了他大腿一下，发出焦虑的低鸣。托瑞克往下看了一眼，皱起眉头。狼一直在跟他说话，但是他却听不懂。他，在襁褓中就学会狼语的托瑞克，**居然听不懂**。

他跌跌撞撞地继续前进，狼放慢了脚步跟在他后面。

才走了一会儿，走道就又出现岔口。两条岔路都有树桩，左边树桩的头砍掉了，右边的树桩上则挂着一颗绿土做成的人头，但是双眼全被挖空，只剩下模糊的凹槽。一片毒蛇蜕下的皮缠在额头上，一枚小小的、干巴巴的心脏用骨针叉在上头。

蛇族巫师舍丝露。

托瑞克擦了一下一脸的冷汗。

他瞥见身后有东西快速没入芦苇丛中。就在那里，在叶丛中，白色的眼睛。

"是谁？"他问。

眼睛闪了一下，然后又跑到走道的另一头，蓝白色像焰火般的闪光。

“是谁？”托瑞克小声地问。

　　眼睛亮亮地围满他的四周，鸣叫声成了震耳欲聋的哀号。

　　托瑞克低声哭了起来，跑向离他最近的，也就是那个缠了蛇皮的走道。圆木段震动起来，绊倒了他，他被摔了出去，他的头被阴沉的湖水团团包住。

　　他沉了下去，一路想在黑暗中摸索，看有没有芦苇、走道什么的。什么都没有，连上和下都分不出来。

　　一道水花溅起，一阵骚动的水波，狼跟着他跳下来。托瑞克极尽所能地朝着狼不断踢水的脚掌游去，结果狼却不见了。

　　狼！他在心里放声大喊，但是他的狼兄弟已不见踪影。

　　他疯了似地拼命游过一大片滑溜的芦苇丛。

　　突然间，芦苇丛全不见了，湖水冷得像冰一样，他正游在一片深不见底的黑暗里。

第十五节

有东西滑过托瑞克的脸，托瑞克立刻清醒过来。

他发着抖，吓得直起身子，一眼瞥见一条闪着鳞片的尾巴消失在矮树丛里。

他躺在静默的森林边缘，一堆渐渐腐朽的松针上。从他身下，到燧石般发亮的湖水边，这一带全铺满了炭灰色圆石。

他是怎么来到这个地方的？他怎么也想不起来。

东风呼啸着吹过石面，冷得他直发抖。他的衣服粘上了砂砾，而且还湿哒哒的，耳边一直响着嗡嗡的鸣声。他好饿，他好想念狼，可是他不敢放声狼嗥，他甚至不知道自己还会不会狼嗥。

大雾已经散了，但是灰蒙蒙的阴霾让阳光不再暖热。在湖的南端，芦苇丛如同哨兵一般地立在那里。从他身下，到湖泊的尽头，只有浑浊、险恶。

他站起来，地上的松针沿着湖岸呈长条状散落，仿佛是被巨大洪流冲刷下来的。还有那些树木，他不安地发现，它们的树身全都弯弯的，像是不想靠近这个湖泊的模样。

他跑进森林里。

没有鸟在唱歌，树木全绷着脸盯着他看。他发现一条很泥泞的小溪，便在溪边喝了点水，看到几个干巴巴的，从去年秋天留到现在的越橘，他立刻一口吞了下去。他在泥地上发现一些踪迹：带蹼的脚印，后面还拖着一条尾巴。他沉下一张脸，因为他明明知道这是什么动物，但是他却怎么也想不起来。这让他好害怕，曾经，森林里每一种动物的每一种特征，他没有不知道的。

他不知道接下来自己要靠什么活下去。他没有睡袋，没有弓，没有箭，没有食物，有的只是一把斧头、一把刀、一个只剩一半药的药罐，以及一个装了湿火种的小袋子，而且他根本忘了打猎是怎么回事。

地面缓缓上升，他来到一座刮着风的小湖泊。那里的阳光刺得他眼睛十分难受，呱呱呱的蛙声吵得他头痛欲裂。他摇摇晃晃地回到森林里，可是它们绊得他跌跤，还刮伤他的脸，就连森林也与他为敌。

来到树林尽头，他回到芦苇底丛。托瑞克蹒跚地沿着森林边缘朝北走去，直走到窄得只容得下一支箭穿过的芦苇丛。

越过芦苇丛，有一大块花岗岩立在那里。不知为何，那里看起来十分诱人。岩缝里长着花楸和杜松，瀑布溅起的水花中可看见羊齿和兰花摇曳的身姿。燕子从上方飞扑而下，乌鸦在水面盘旋滑翔，然后在对岸，托瑞克看见雕了鱼、麋鹿、人类的图画：全都是用斧头刻在岩上，然后涂上绿色。他觉得那一潭水应该就是从水獭族的疗愈之泉流下来的，如果他能去到那里该有多好。

芦苇丛喀啦喀啦作响，警告他退后。

太阳开始下沉，小径转向成朝南，他发现自己来到湖边，正费力地走在松针堆中，那儿是一片铺满炭灰色圆石的湖边。

他停下脚步，他认得这片湖岸，他又回到最初出发的地方。

他心里浮起不祥的预感。

为了测试是否如他所想，他调头走进森林，照着自己来时的路，一直走到芦苇底丛，唯一不同的是，这次他没朝北，而是往南。暮气笼罩，他拖着蹒跚的脚步终于走到湖边，一模一样的湖边，一模一样的走法，就是他原先的走法。

一座岛。这湖把他冲上一座岛，一座就连水獭族都不敢登陆的岛。他无路可走了，因为这个湖截断了他往东的出路，芦苇丛则截断了他往西的出路。

风吹得树林摇摆不定，他盯着树看，它们叫什么名字来着？"松树"？他迟疑地说，"桦树，杜松"？

倾听森林对你说的话，爸爸以前跟他说过，可是森林已经不跟他说话了。

他捡了些树枝和火种，慌张地走到湖边，把捡来的东西放在一块大圆石的背风面，以免水獭族人发现。一开始，他的打火石怎么也不肯打出火花，不过他费了一番力气终于还是打出火来，他喃喃自语地

弓着身子靠在火边。

湖面上传来一声寂寞的哭声，是那只在芦苇丛中暴露他行踪的红眼鸟。

又加入了其他的声音，不是鸟，是狼。

托瑞克一跃而起，抽出刀来。以前的他一向爱听狼唱歌，但现在的他，却愈听愈觉得恐怖。

又一只狼对着他的狼群呼喊。托瑞克认得这样的狼嗥，这只狼，就是他的那只狼，可他还是无法听懂狼在说些什么。原本熟悉的声音，如今听来，却像在听山猫哭号一样，一点也听不懂那是在说什么。

"狼！"托瑞克大喊道，"回来！"

但是狼没出现。

狼已经不要他了。

托瑞克紧紧握住拳头，他也一样不要他了。

狼快步跑过森林。"无尾高个子"跑去哪里了？

前一刻他们还在一起对抗河水，下一刻他就突然不见了！狼原本想发出狼嗥，可是河水边吵边跑进他的咽喉，把他吓坏了。于是他就把"无尾高个子"给忘了，什么事都忘了，唯一只记得要用自己的脚爪拼命踢，然后他终于爬到岸上。

这会儿他东跑西跑，到处嗅寻。他嗅着蕨丛和海狸，水獭和越橘；他听到浮动的芦苇丛那里有无尾的声音，还有隐形人在湖里面溜来溜去。他简直急死了，说不定"无尾高个子"已经没有呼吸了。

一声哭号响彻林间，那是无尾绝望的哭号。

狼停下脚步，耳朵转个不停，口鼻抬得高高的。他捕捉到那个气味了，是"无尾高个子"！

狼沿着小径上的气味一路飞奔，他在树林间穿梭前进，在蕨丛间跳上跳下。终于，他看到他的狼兄弟了，他蹲在湖边一块大石头后面，在一小团火旁边。

狼立刻冲出树林，"无尾高个子"转过身来，盯着他看。

狼迈开大步，跑过黑漆漆的石面，一股脑冲向他的狼兄弟，用脚爪扒着他的胸，用鼻子又吸又嗅地舔着他的口鼻。

"无尾高个子"一把推开他，然后朝着狼，挥动起他那只巨大的爪子。

狼赶紧往后跳开。

"无尾高个子"再次进攻，用无尾的话语大声喝斥。

狼听出了他喝斥声中的害怕，也在他美丽的银色眼中看到了恐惧。这是怎么回事？"无尾高个子"怎么可能会怕他呢？

狼困惑地坐下来，他感觉他的胸口发出了一声哀鸣。

突然间，"无尾高个子"**拿着火对着他猛地刺过去**！狼往旁边一跳，但是火还是咬到他的口鼻，痛得他大叫起来。

"无尾高个子"露出牙齿嘶叫，再一次攻击。狼听不懂他在喝斥些什么，但他知道那喝斥的意思。**走开！你已不再是我的狼兄弟了！走开！**

狼在痛苦与恐惧的狂乱中，飞一样地逃了。

狼走了之后，托瑞克坐在湖边全身发抖。

他真的好累，可是他却不敢睡觉。他如果睡了，他们很可能会趁机来找他麻烦。狼、水獭族、隐形人、食魂者。都一样，他们全部都是他的敌人。

他紧紧握着他的斧子和刀，盯着焰火，时前时后地摇晃身体。他好饿，照理他应该要去设陷阱、布钓线的，可是他却想不起来该怎么做。

他开始打起了盹。

红眼来到他面前，他大叫着惊醒过来。是真的有眼睛，但不是红的，是黄的，狼的眼睛。

他随手抓了根燃烧中的树枝，拼命攻击，一缕闪亮的火花顿时将阴影照得透亮。

狼群向后退开，它们的眼神无情而恐怖，它们一点声音都没有。

狼也跟它们一起。这只狼，曾经是他的狼兄弟，而今却不要他了。

狼低下头，用力甩着尾巴，凶恶地走上前来。

托瑞克心如刀绞，狼跑来是为了嘲笑他？**瞧，我有新的狼群了！我才不需要你**！

"别来烦我。"托瑞克喃喃地说。

狼抽动耳朵，尾巴静下来不再甩动。

"退后！"托瑞克放声一吼，对着狼挥舞手中的树枝，狼及时一跳躲开了。

一旁的狼群全沉默地看着，然后，一只紧接一只，它们快步跑进森林里，狼是最后一个离开的。他又回头看了托瑞克一眼，然后，他就像雾一样地消失无踪。

在他走后，四周变得异常安静。

一只巨大的黑鸟一边从他头上飞过，一边嘲笑地"嘎嘎"大叫！托瑞克努力想着那鸟叫什么名字：乌鸦，乌鸦族……芮恩。她是他以前的朋友，是吗？他想不起来她长什么模样。

他摸了摸胸前渗液的伤口，好像有什么事是他本来要做的……

食魂者。原本他一直想证明自己和他们没有瓜葛，这样氏族就会让他回去。

那些好像都是很久以前的事了。

太阳斜斜地沉到树下，他坐在即将熄灭的火边，黑影渐渐爬上湖边。他脑子里的那些嗡嗡声愈来愈激烈，他感觉到隐形人就在他身边：看着、等着。狂乱中，他拼命往火里添柴。

蓝色的天空升起了昏暗的月，他这才突然想起来，今晚是中夏夜，今天正是他的生日。

　　"十四了。"他喃喃自语地说，声音听起来粗粗的，感觉很陌生。"你十四岁了，生日快乐啊！托瑞克！"

　　他开始放声大笑。

　　一旦有了开始，就再也停不了了。

第十六节

芬·肯丁突然把鱼叉扔进火里，一阵火花迫不及待地吞下了鹿角做的叉柄。

乌鸦族人欢欣鼓舞地叫嚣，开心的树林也窸窣地大表赞同。今晚是中夏夜，每到这一夜，氏族中的每个人都要围着营火依太阳转动的方向绕圈，并为树木带上兽骨和莓果串成的项链，表达对森林的敬意。

就只有芮恩没这么做。

她觉得自己如果加入他们，那就等于背叛托瑞克。今晚是他的生日夜，她如何能坐在这里，放松心情地享用炖鲑鱼肝和火烤野猪？

氏族集会到现在已快一个月了，他被放逐到现在已快两个月了。她时时刻刻都在想他，她没有一天不感到痛苦，就好像有块石头卡在她的胸间似的。

"万一他发生什么事那怎么办？"当天早晨她曾这么问芬·肯丁。"万一他跌伤了腿，没办法打猎那怎么办？"

"他很坚强。"她叔叔这么对她说，"过去他就是靠自己活下来的，这次他一定也办得到。"

"那要多久？"

面对这个问题，芬·肯丁什么也没说。

打从氏族大会那时起，乌鸦族就往东迁到斧柄河上方，芮恩只要一有空，就会偷偷跑进森林，到处搜寻托瑞克的踪迹。什么也没有。她有时候会在半夜惊醒，心想，万一他再也不回来那怎么办？

她不知道他是否已完成仪式，不过她有时候感觉得到，好像有什么事情很不对劲。各种征兆都很不妙，如果她能弄清楚这些代表什么那该有多好。

她用手指拨弄着麋鹿在她前臂所留下的疤，伤口早已愈合，可是记忆犹新，如果当时那一群猎人没听到她的叫喊……

然后，就在氏族集会后不久，阿奇不见了。他的朋友什么都没找到，就只找到他残剩的船。芮恩很害怕地感觉到，这件事和托瑞克脱不了关系。

而且大家好像都无所谓，大家好像都装着他并不存在。

在营火对面，贝尔拿着刺藤，打算再编几个花环。他用一条海豹皮把头发扎在脑后，他那样子看起来十分俊美。芮恩很生他的气，在他的族人回他们那座岛之后，他留了下来，和乌鸦族一起生活。但是他却没把力气用在找托瑞克这件事上，成天就只是坐着他那艘宝贝皮船，在沿岸一带打猎。她失望透顶，她对他原本抱着很大的期待。

"愿'世界灵'在你的树枝下行走。"芬·肯丁对森林说，"愿你们愈长愈强壮，后代绵延不尽！"

冷不防地，芮恩再也忍不住，一跃而起，跑出了营地。

乌鸦族巫师像只蟾蜍似地蹲在河边，她提早离开庆典，到这儿来掷骨。此刻，她面无表情地望着芮恩。"怎么，你终于来求我帮忙了。"

"才不是。"芮恩说，"我从来没想过要你帮忙。"

"你还是来求了。"

芮恩咬了咬牙。她往蕨丛里一窝，撕开一片牛蒡。"我一直看到一些征兆，我不知道它们代表什么，教我看懂它们代表的意思。"

"不行。"莎恩说，"你的准备还不够。"

芮恩瞪着她看。"一直逼我去学巫术的人，不也就是你嘛！"

"如果你现在就去学看征兆，你有可能会受重伤。"

"为什么？"芮恩问。

乌鸦族巫师拿起她的手杖，在泥地上画了一个圈，然后往圆圈里放了三枚毫无光泽的白色鹅卵石。"你的天赋就是能把征兆连接起来，形成图纹。你的梦境一直都在替你做这件事，若是你在醒着的时候，随便去做这件事的话，到时候你势必得把你的心神彻底打开。"

芮恩昂起下巴。"我可以啊！"

"蠢东西！"莎恩拿起手杖往地上用力一敲。"你怎么就是听不懂？你的初经之血已经大大增强了你原有的力量，但是，那还很生涩，

并没有先经过试验。如果现在就打开你的心神，那是会要人命的——要了你的，也会要了其他人的！"

一时间，只见两人怒气冲冲地你瞪我我瞪你，一个干瘪老太婆和一个妙龄女孩，两人唯一的联系就只有无情的巫术。

最后是芮恩先把目光移开。"你以前为什么不先告诉他，他没有氏族？"

"时机还不到。"

"你怎么可以这样瞒着他不说？"

"你不也一样有事情瞒着他没说？"

芮恩缩了回去。

"他有他的宿命。"乌鸦族巫师摆明了说，"而这就是其中的一部分，成为放逐者也是。"

芮恩原本打算继续问下去的，但她看见贝尔出现在小径上。她叫他走开，他不理她。

"如果你们在说托瑞克的事。"他对莎恩说，"那我有权利留在这儿听，我是他的亲人。"

"那你的表现怎么一点也不像是他的亲人？"芮恩说，"怎么没见你去帮他？"

"你不也一样没有？"他顶了回去。

"谁都不许帮助放逐者。"莎恩提醒他们。

"而且吵架是帮不了任何人的。"芬·肯丁站在贝尔身后说。

莎恩指了指芮恩。"她说她看到了征兆。"

芮恩很火，她根本还没打算把这事让芬·肯丁知道，更别说是贝尔了。

"什么征兆？"芬·肯丁问，同时在岸边坐下，并且示意贝尔跟他一样坐下。

芮恩抠着膝盖绑腿上的一个破洞。"他拿了你的斧头，他查看我的药袋，然后拿走了他去年夏天留给我的一颗圆石。他让心灵行走到

118

麋鹿的身体里,他还攻击我。"

"我才不相信那是托瑞克。"贝尔说。

"那难不成这都是我编出来的吗?"芮恩恼怒地截下他的话。

"那颗圆石。"莎恩插进来问,"怎么我都不知道有这回事?"

"我为什么要让你知道?"芮恩低声抱怨。

"立刻说给我听。"乌鸦族巫师说。

芮恩咽了口口水。"他在石头上面画下了他的标记,用杨树的汁液。"

"他的标记?"莎恩问,"他的氏族图腾吗?"

"就他脸上那个,往下一直到他伤疤那儿。"

"啊!"乌鸦族巫师深吸一口气。

芮恩觉得很不安,像是心头被刺了一下。"我——我一直把石头放在很安全的地方,可是氏族大会那天,他把石头拿走了。"而且我还知道为什么,她心里难过地想,他把石头拿走,是要让我知道,他不会再回来了。

"啊!"莎恩拾起其中一块白石,放在指间转动。"现在,慢慢清楚了。"

"什么清楚了?"芮恩问。

乌鸦族巫师靠向她,芮恩看见她没牙的牙龈上,泛着网状唾液。"放逐者。"乌鸦族巫师说,"正因灵魂生病而受折磨。"

一时间,四周安静了下来,接下来芮恩和贝尔两人同时开了口。

"那是什么意思?"贝尔问。

"是食魂者图腾引起的吗?"芮恩问,"是不是他想切掉它,却没切成,结果那枚图腾就害他生病了?"

"图腾?"莎恩吐口口水,"不是!就算没有图腾,灵魂也一样会生病,就跟身体一样!灵魂会受到恶鬼折磨,着魔。"

她把药袋一摇,甩出三枚带有斑点的小骨头,然后安置在黑土上。她用食指摸着第一枚小骨头:"如果你的名字灵魂生病了,你就

会忘记自己是谁，你会变得像个游魂一样。"她摸着第二个："如果坏掉的伤口侵袭你的氏族灵魂，你就会失去分辨善恶的能力，你会变得跟恶鬼一样。"她把她指节分明的手爪移到最后一枚骨头上："如果你的世界灵魂麻木无觉了，你就会断去和其他生灵的连接——断去和猎人、猎物、森林的连接，你会变得像个活死人一样。"她把手掌一斜，让石头掉下来。石头打在世界灵魂那枚骨头上，骨头蹦了起来，像是个有生命的东西一样。"万一他那枚名字石头落到恶人的手里……"

芮恩倏地闭上双眼。

贝尔说："我才不相信这些事，托瑞克才没生病，他是在发脾气，换作是我，我也会这样，根本没做什么错事，却要被人放逐。"

莎恩气得像只发怒的乌鸦，但是芬·肯丁却说："我想莎恩说得没错，托瑞克的灵魂是生病了，可是这是谁下的手呢？是他们三个中的哪一个呢？"

"你指的是食魂者吗？"芮恩问。

"冰地一战，就这三个活了下来。"芬·肯丁说，"泰亚兹、欧丝特拉、舍丝露。氏族大会时，我曾与森林各处和其他地方的人谈话，试图寻找线索，了解他们可能会去的地方，没人看过任何有关他们的线索。"他停了一下，"不过我隐约觉得，就托瑞克的图腾被揭发，以及他心灵行走到麋鹿身体里这两件事的手法来看，可以看得出是同一个人下的手，这人是单独行动的。"

莎恩点点头。"一个人？可那会是哪一个呢？我这几天，连着斋戒、查看骨头，橡树族巫师和鹰鸦族巫师感觉很远，唯一流连在森林里不去的，同时牵引着放逐者去找她的那个人是蛇族巫师舍丝露。"

芬·肯丁低下了头。

芮恩把指甲深深掐进掌中。

贝尔一脸迷惑。"可是——她也只不过是个女人，又能怎么害人？"

"绝对远超过你的想象。"芬·肯丁说。

莎恩转向芮恩："她最后一次露面时你见过她，告诉他她是个什么样的女人。"

芮恩说不出话来，她好像又回到那座闪烁着火炬微光、充满杀戮恶臭的石林，看着蛇族巫师戴着蛇发面具不断旋转、嘶叫，拿着内脏皮的眼睛找寻异世界……

"芮恩。"芬·肯丁柔声叫她。

她倒抽了一口气。"她——她做什么都不直接去做的，就像蛇一样，她总是埋伏着，让你看到根本不存在的东西，让你作出一些事来。"

"我不懂。"贝尔说，"开氏族大会的时候，我曾和一些蛇族人说过话，他们跟我说，他们从未有过哪个巫师后来变成食魂者，那这个舍丝露又怎么可能是——"

"就像蛇一样。"芬·肯丁说，"她蜕去一层自我之后，换成了另一个人。"

贝尔惊讶得目瞪口呆。"她把名字换了？可是没有人会那么做的，那等于是自取灭亡啊！"

"那便是这个名称真正的意义，食魂者。"芮恩说，"你得先要牺牲掉你原先拥有的一切，你只为权力而活。"

贝尔怔怔地盯着她看，像是以前从没见过她似的。

芬·肯丁拿起骨头，缓缓地把骨头从一只手抛到另一只手。"所以现在我们已经知道，托瑞克的灵魂生病了，而且，还落到蛇族巫师的手里。"

"蛇族巫师是从不手下留情的。"莎恩说。

第二天清晨，芮恩早早醒来，跑去找芬·肯丁。

她发现他在溪边浅滩钓狗鱼，那条小溪往下直流入斧柄河。他一

见到她来，便马上收线，鱼钩上什么也没有。

"怎么了，芮恩？"他绷着一张脸，他已经猜到她所为何来。

"我不想骗你。"她说，"我不想偷偷摸摸地离开，可是我非得想办法找——"

"别，别说出来。"他警告她，"别把任何你不会对其他氏族领袖说出口的话说给我听。"

她咬了咬嘴唇。"他人在外面，一个人孤零零的，灵魂生了病。"

"我知道。"

"那你为什么不跟我一起去？"

"我不能让别人看到我破坏氏族法律。"他与她四目交接，"你们大家都不可以这么做，万一他已受到她的控制了呢？一个落入食魂者手中的心灵行者，我实在想不出还能有什么事比这更危险。"

"他是我的朋友，我一定要试一试。你懂的，对不对？"

芬·肯丁没回答。

"芬·肯丁？你懂的对不对？"

突然间，他一脸疲惫的模样。"你不是小孩了，芮恩，你已经是个可以自己做决定的大人了。"

不！我不是！她很想这么说。我需要你帮我！告诉我该怎么做吧！

那天晚上，芮恩在斧柄河畔，坐在烟雾弥漫的微火边，内心感到非常寂寞、恐惧。

破坏氏族法律，严重性远远超过她先前所想的状况。因为这么做，就等于让自己和她的氏族，以及芬·肯丁就此断绝关系。

她缩着身子偎在火边，吹着她那支鸡骨哨子，却没得到任何回应。托瑞克和狼都到了遥远的天边。

她感觉得到她的力量在体内不断劝诱着她，隐匿已久的事就要浮上台面，就好像一片碎片想尽办法也要穿透她的皮肉。她不想施行巫术，她厌恶巫术，可是她有种感觉，若是想帮托瑞克，她再不愿意恐怕也得去做，因为舍丝露来了，就在某个不知名的地方。

厌恶的感觉蜂拥而上，她是这么清楚地感觉到食魂者的计划，仿佛那计划就是出自她手。舍丝露猎捕托瑞克的手法，一如她的氏族动物狩猎的方式。毒蛇一向会先用毒牙咬猎物一口，然后变得迷乱的猎物穿过森林，慢慢衰竭。毒蛇很有耐心，它会等到猎物整个倒下的那一刻，等到那一刻，它就大快朵颐。

水泼到火上，芮恩被火嘶嘶的烧声唤醒。

贝尔站在她面前，肩上平稳地扛着他那艘湿淋淋的皮船。

她坐起身，很生气被他逮到她在瞌睡。"我还以为你回你们那座岛去了呢！"她粗声粗气地说。

他对她的话听而不闻。"我错了，你是对的，托瑞克的灵魂生病了，问题是，他的状况比我们想的还要糟。"

第十七节

"阿奇的小命还在。"贝尔说，"总之他就是从水里爬出来之后，摔进了灌木丛。过了几天，被狼族人发现。"

"几天？"芮恩问，"他失踪都快一个月了。"

"没，那只是野猪族人没传口信过来给我们。"

"老样子！"她厌恶地说，"可是狼族人跑到那么东边做什么呢？"

贝尔一脸阴冷。"追踪托瑞克，以'彻底摧毁氏族的耻辱'。"

芮恩摇了摇头。"那他们有没有说，他的足迹看起来是要往哪儿去？"

"往东。他们一直跟到斧头湖的芦苇底丛，就跟丢了。"

她顿时一阵寒意。"斧头湖？怎么会这样？"

贝尔没理会她。"你还看不出来这是怎么回事吗？托瑞克眼睁睁地放任阿奇等死！"

"也许他根本不知道阿奇在那里。"

"噢！他知道。阿奇说他看见托瑞克站在山脊上往下盯着他看，接着他就转身走了。"他用手磨着自己的脸，"我知道阿奇一直在抓他，可是放任他等死……那绝不是托瑞克会做的事！"

芮恩凝神盯着焰火看。贝尔说得没错，可是怎么会在斧头湖？有一个图纹就是在指这件事，可是她一直无法弄懂。她只知道在所有地方中，这座湖是她最不想看到的。她的父亲就死在湖东边，她曾对自己许诺，此生再也不要回去那里。

贝尔放下他那艘皮船，脱下他那件内脏皮外套。"你也想去找他，对吧？"

她没回答。

"既然之前你没有行动，那么现在去如何？"

"我有。"她把她到森林里搜寻的事都告诉了他。

"我也是。"他说，让她大吃一惊。

"你？我还以为你整天忙着打猎追踪白尾鹫呢？"

他面露不悦。"是追踪被放逐的托瑞克吧？"

她沉思了一下，然后才又说："你应该知道，我们这样是在破坏氏族法律吧？如果你把这事说给**任何人**听……"

"我当然知道！不过你也一样，最好别跟任何人说。"

他们严谨地端详彼此，然后贝尔先开口："我捉到一条鱼，可以借你的火烤烤吗？"

芮恩耸了耸肩。

那是一条大得少见的太阳鱼，贝尔拿一块肉给她，她没接受，不过当她闻到烘烤的味道，又改变了心意。为了回报他，她给他几块鹿肉干，还教他怎么在肉干上涂杜松果和豌豆酱。

他们一边吃，一边有所防备地聊天。贝尔告诉她，为了在内河航行的这场"试练"，他已经为皮船涂上海豹油和晒黑的海草；芮恩则拿出她在极北时人家送她的海豹皮弓套给他看，但她没把她猜测的舍丝露计划说给他听。贝尔虽是托瑞克的亲人，但她并不十分了解他，而且一旦她与蛇族巫师之间必须用意志力来战斗，他可能会成为一个绊脚石。

不过话说回来，他身强体壮，还有艘皮船……

就在她左思右想之际，贝尔站起身，拎起背包，把小船一把扛上了肩。

她问他要去哪里。

"斧头湖。你回你的氏族去，我要去找托瑞克。"

"什么？"

"你不会想坐我的皮船走吧？"

"我才不要。"她说谎。

"如果你走陆路，你是不可能跟得上的。"他看看她的表情，轻声叹口气。"在我家乡那边，女人都待在岸上，打猎和战斗是男人的事。"

芮恩不以为然地哼了一声。"森林里可不是这里。"

"也许吧！不过我是海豹族的人，我就是习惯那样。回营区去吧！芮恩！你可别跟着我来。"

她不信任地看着他走到浅滩。"就算你到了湖那里。"她在他身后大声地说，"你又打算怎么做？你对那里、对水獭族根本什么都不懂。"

"我会冒险一试。"他回答。

"很好！不过我告诉你，光是很会划船，是没办法打败食魂者的。"

"那我们就等着看吧！"

"我们当然是等着看了！"芮恩奋力穿过丛丛刺藤，气呼呼地说。

斧柄河这一带没有路径——至少，就她所找过的地方都没有——她觉得好热，皮肤又被刮伤，心情乱得要命。她光是一直想象贝尔快速安静地往上游划去，根本于事无补。

她在湍流上方休息了一会儿，然后举步维艰地穿过闷湿的杨树林。这条河流到这一带形成不少水潭，很多氏族都会到这儿来捕鱼。芮恩发现好几个水潭里都布有钓鱼线和捕鱼的陷阱。她瞥见水边闪着淡淡的发色，不知那人是谁。

贝尔没看到她。他跪在翻覆的皮船旁边，正在修补船身上的一个小破洞。

"遇到麻烦啦？"她大声地问。

"卡到捕鱼的陷阱了。"他头也不抬地说。

"噢！天啊！"芮恩冷冷地说。

"这样是不对的。"他突然开口说，"把陷阱放在那，让人被卡到！他们应该事先立个标记什么的！"

"人家有啊！有没有看到那几条绑在树枝上的柳树皮？这就是森

林人捕鱼时会做的警告标记。"

贝尔紧咬着牙关。

"那就祝你好运!"芮恩笑嘻嘻地说。"希望这不会耽误你太久。"

贝尔狠狠地看了她一眼。

她离开水潭,一路笑个不停。

不过她的笑没持续多久。在河对岸,她看到她和托瑞克第一次遇到行者的那个峡谷口,那是前年秋天的事了。当时狼还很小,一旦脚爪走得酸了,托瑞克就拎起他来抱到怀里。

她心里突然升起强烈的思念,思念他们。

松树林渐渐成了高大的橡树林,森林变得十分警戒。芮恩好希望贝尔会坐着他那艘皮船突然出现,可是想也知道,缝补个破洞哪有这么快?

再往前一点,有两头小红鹿躲在蕨丛中偷看,然后晃着小小的蹄子朝着她走去,几乎就快靠近时,它们却惊慌失措地跑了。

芮恩伸手摸了摸她的乌鸦羽毛。如果有动物从原地跑开,那是为了要吸引你的注意,这往往是一种征兆,但这代表什么呢?

就在接近黄昏的时候,她爬上了一座被氏族称为猪背山的陡坡,凝神俯视这个湖。

低挂在空中的太阳把湖水照得金灿烂,她看见湖面上零散地立着几座岛屿,渺小的像叶子一样。在她下方,一大片芦苇底丛守卫着西岸。南方远处,她看到黑色的小点,知道那是水獭族的营地。往东,是斜长冷酷的冰河。

上一次她站在这里,是她八岁的时候,当时的她很迷惑,不明白为什么爸爸再也不回来了。水獭族人发现他的尸体,芬·肯丁和莎恩赶去解救他散落的灵魂。芬·肯丁非要芮恩跟着一起,他们站在猪背山上,凝视着这个巨大的岛之海。

"他为什么要去那里?"芮恩这么问她叔叔。"冰河那里又没有

猎物。"

"他去那里不是为了打猎。"芬·肯丁小声地说。

"那是为什么？"

"等你大一点我再告诉你。"他用他温暖、厚实的手紧紧握住她的手，她拼命地牢牢抓住。

如今，她再次来到猪背山，却没有芬·肯丁的手让她牢牢抓住。

就在她准备要下山时，她已渐渐明白，她这一趟实在希望渺茫。她压根不知道托瑞克的去向，也没有人可以问。岸边没有任何路径，因为水獭族人并不需要，他们向来只走水路——那么就算她能走到他们的营地，那又如何？

就在她开始摸索着南下时，她听到芦苇丛中有动静。

"贝尔吗？"她不怎么确定地问。

没有响应，只有芦苇丛吱嘎嘎的声音，感觉好像有人在里头向她推进。

她歪歪倒倒地往后退到草地上。"贝尔！"她放低声音地说，"如果是你，立刻给我出来，这一点也不好玩！"

风向突然整个倒转，一阵恶臭将她包围，臭得她不得不闭上嘴。

芦苇丛一阵摇晃，跟着拨了开来——一艘船朝她滑来。船上有个绿人睁眼瞪着前方，那是用腐烂的芦苇做成的假人。

芮恩急忙往后一跳，却撞到一个硬硬的东西。

"那是什么？"贝尔在她身后问。

"刚才那是什么？"他又问了一次，这时两人已往后退了一大段路，来到芦苇丛南边一处湖湾。

"我想那应该是水獭族人做的。"芮恩说，"表示对这个湖的敬意。他们把粮食放到湖里，让粮食随意漂流。这是要奉献给神灵的，我们根本不该看到。"

贝尔紧抿着嘴唇。"真高兴找到你。这个地方,我完全不熟。"

芮恩耸了耸肩。"嗯!我正好需要一艘船,所以我也很高兴你找到我。"她的口气听起来并不是很友善,但她内心深处其实不是这样,于是她急急开口又说,"我们要在行动之前,对湖表示我们的尊敬。水獭族人做任何事,都要得到湖的同意才能去做。"

贝尔点了点头。"那我们该怎么做?"

芮恩有点不好意思地拿出鲑鱼饼,把它放在芦苇丛边当贡品,然后她用湖水把大地之血打糊,涂了一些在自己的额头和弓上,请求湖泊让他们一切平安。贝尔任她在他额上涂画,然后好不容易她才劝服他,让她也在他的皮船上涂上一些。在他们吃完鹿肉干后,他用柳枝做了个捕鱼的陷阱,布置在水里。

挂在空中的太阳沉得更低了,风势不再那么大,湖水渐渐平静下来,亮亮的好像玄武石。

"蛇族巫师。"贝尔轻声地说,"她会去找托瑞克是因为他是心灵行者,对吗?"

"没错。"芮恩真希望他没开口说起舍丝露。

"而且她也想找火焰蛋白石。"

"没错!"她又回答了一次,然后她降低声音又说,"剩下来的就只这一块了。其他两块,一个跟着蝙蝠族巫师掉到黑冰底下;另一个则在海豹族巫师掉到海里时跟着不见了。"

"海豹族巫师?"贝尔大吃一惊,"他也有一块火焰蛋白石?"

"要不然他是怎么作出托卡若思的?"

他皱起眉头沉下了脸,芮恩猜他大概又想起,海豹族巫师制造恶疾时,岛上那段噩梦般的日子,贝尔的弟弟正是其中一名牺牲者。

一声寂寞、颤抖的哭声在湖面上回荡。

贝尔一跃而起。"那是什么?"

"潜鸟。"芮恩说,"它们是湖里的游泳健将,水獭族人也供奉它们。"她停了一下,"芬·肯丁说,水獭族人就像他们的氏族动物

131

一样，常常会把嚼了一半的鱼成堆留在水边。"

一条鳟鱼突然跳出水面，他们紧张地跳起来。

贝尔定了定神，走过去检查他布置的陷阱。

芮恩停在原地，忧心起来。

"芮恩。"贝尔叫她的声音和之前不太一样。

"怎么了？"

"你最好过来看一下。"

第十八节

一条颇大的太阳鱼在陷阱里蠕动、喘息，这算是令人满意的收获。只是这条鱼长了两个头。多长出来的那个头没有嘴巴，奇形怪状，而且鼓胀得活像个溃烂的伤口，死命地撞着它的另一个头。

"这要怎么处理？"贝尔做了个鬼脸问。

"杀掉它。"芮恩说。

"不可以！"一个命令的声音从他们身后传来。"把它丢回去，别摸！"

他们一转身，迎面只见一大群鲜明的绿脸和尖利的鱼叉。

贝尔立刻挡在芮恩身前，但芮恩往旁边一站，把手握拳放到心口，对着其中一个女人说话，由那人戴着的水獭毛皮臂章来看，她应该是领袖。

"我是乌鸦族的人。"她说，"我朋友是海豹族的，我们没有恶意。"

"不要说话！"女人厉声责备，跟着又对其他人说，"把那个带了诅咒的东西扔回湖里去，我们要带这两个陌生人回营地。"

"可是阿南姐，为什么？"一个男人抗议地说，"遇到这样的状况——"

"遇到这样的状况，由勒。"领袖打断他的话，"我们是不能放他们自己行动的，他们只会把事情搞得更糟。"

那个叫由勒的男人立刻闭嘴不再吭气，另外两个人则破坏陷阱，放那条怪物离开。

再然后，事情发生得很突然。芮恩和贝尔被抓了起来，硬塞进一艘坐着由勒和另一个男人的芦苇小船。他们本想抵抗，却发觉有刀子抵着他们的后背。他们只能眼睁睁地看着自己的东西被扔进皮船，看着皮船被绑在另一艘船的船尾，拖在后面。

他们一路朝南。芮恩感觉贝尔在她旁边气得抖个不停，她急急看了他一眼，摇摇头。武力根本没用，水獭族人的装备有绿岩鱼叉和以潜鸟鸟嘴为箭尖的弓箭。想逃，想都别想。他们之所以没被绑起来，唯一的原因只是因为没有必要。

芮恩端详着由勒，看他缩着身子坐在船头，用桨划开水面。他的鱼皮背心在脖子和褶边的地方都垂着流苏，呼应那丛芦苇。他的眼睛外围用大地之血仿照潜鸟火红的目光，画了个框。他一直越过肩膀愤恨地往后扫视，可是在他的敌意之下，芮恩感觉到还有别的什么。

贝尔弓着身，小声在她耳边说："他们的船又重又慢，只要我们能坐上我那艘皮船，我们会有机会从他们手中逃脱的。"

"逃去哪里？"她小声反问。"这个湖他们那么熟，我们却什么都不知道；更何况，我觉得他们其实害怕多过生气。"

"就是那样他们才可怕。"

他说得没错。

芦苇船或许无法像皮船一样走得那么快，可是水獭族人却可以在湖中散落的岛屿间，以惊人的从容穿梭前进。当柔和的夏季夜色降临，他们的营地已在眼前蓦然升起。

芮恩也跟贝尔一样，是平生头一次见到水獭族的营地。她跟他一样，惊讶得张大嘴巴。

"为什么他们要住在那样的地方？"他小声地问。

"为了紧紧靠着这个湖。"由勒停下来不再划桨，一时间，他严峻的脸上溢满热情。"这个湖如同我们的父母，所有生灵由它而生，所有生灵自然也该回到它那里。"憎恨的表情又回来了，"我们并不指望陌生人能懂得这些。"

"我不是陌生人，我来自森林旷野，跟你一样。"芮恩说。

"你并不是水獭族人。"他生气地说，"别再啰嗦！"

在绿烟围绕中，水獭族营地浮在湖泊上方，仅以一座窄小的走道与陆地连接。

"营地全搭建在桩子上。"贝尔赞叹地说。

湖里立了多如一整座森林的圆木段，木段上是一座木制平台，平台上搭有许多低矮的芦苇圆顶屋。浓烈呛鼻的烟朝他们飘来，当中杂

135

着浓浓的鱼味。他们看见嵌在桩子上的黑炭木阴阴地燃着，男男女女都往下注视着他们，画得绿绿的脸上睁着一双双眼睛。

芮恩觉得很奇怪，大家都知道水獭族人向来跟他们的氏族动物一样，乐观开朗，不知发生了什么事让他们变了。

而且大家都涂着绿色泥土。虽然芮恩知道，这种绿土是水獭族从北岸一个没人知道的地方取得之后，加入鱼油制成的圣土，但是她以前从不曾见过。问题是他们也只有在保护生病和垂死族人的时候，才会使用这种圣土，而现在他们整族的人竟然全都用了，她不懂这是怎么回事。

由勒的伙伴把船停在其中一根木桩边，一扇天窗在他们上方打开，垂下一条绳梯，由勒命令他们爬上去。

他们进到苦呛的烟雾里，芮恩发现之前她以为是黑炭木的东西，原来是一朵朵马蹄菇，应该是烧过的，她猜，这样蚊子才不会来。至于水獭族人，则仍凝神看着。

她和贝尔被推往最大的一座帐篷里：一间熏黑的破屋子，点着灯芯，黯淡无光。进到屋里，一股烂鱼的恶臭扑进芮恩的鼻子，水獭族人好像没什么感觉，就连贝尔也只微微皱了一下鼻子。为了避免失礼，芮恩假装没闻到什么。

等大家陆续走进屋里之后，阿南姐叫人把食物拿来。她发现芮恩吃惊的表情，便说："我们湖边人有句话是这么说的，陌生人就是客人，除非有事实证明他们是敌人。"

由勒不以为然地哼了一声，好像他已握有充分的证据。

"我们不是敌人。"贝尔说。

"是啊！是啊！"阿南姐说，"吃吧！"

周围一阵沉默。这时，一名少妇和一个男孩拿着几个用莎草细编而成的鱼形碗，里头装满了芦苇花粉煮成的薄粥，另外还有一个竹篮，里头堆着烘烤过的芦苇茎：外皮烤得焦黑，剥了皮之后里头白白黏黏的。

芮恩认出那名少妇是乌鸦族人,她在去年夏天成了一名水獭族人的女伴。"黛拉缇?"

黛拉缇躲开她的注视。"吃吧!"她说,同时在芮恩的薄粥上淋了一层灰泥一样的东西,看起来好像是浓稠的蜜,可是烂鱼的恶臭把芮恩呛得流出眼泪。

"棘鱼的油脂。"黛拉缇说,"吃吧!"

"快吃!"由勒厉声命令他们,"你们是瞧不起我们的食物是不是?"

大家全都盯着她看。

她戳了戳这堆臭臭烂烂的东西,觉得非常想吐。

贝尔走过来替她解围。"她不习惯坐船,所以会觉得反胃。"他把她碗里的食物倒进自己的碗里,津津有味地吃了起来,水獭族人这才放过他们。

"你怎么**受得了?**"芮恩小声地说。

"很好吃呢!"他耸了耸肩,含糊地说,"我们岛上也是这样料理食物的,只是我们是用鳕鱼做。"

"你们一定觉得很奇怪,我们怎么没给你们鱼吃。"阿南姐说,"就连那些油脂,也都是去年春天剩下来的。"她端详着他们的表情,"有人让这个湖生病了。"

水獭族人惊慌起来,怨叹声不绝于耳,许多人伸手去摸垂在耳下的那一撮氏族动物毛皮。

"不久之前,"阿南姐接着说,"有个孩子生病了,族里的巫师就叫我们去取圣土。我们发现疗愈之泉被偷走了,有个陌生人把只有水獭族人能碰的东西偷走了。也就是从那时候起,麻烦来了。"她发着抖说,"族人们会好像死了似的昏睡,然后尖叫着醒来,因为他们在梦里被一种滑溜溜的恶鬼啃咬。再来,就再也无法捕鱼了。"

由勒摇摇头。"以前这里,鱼多到你从船上走下来,踏着鱼背,一路跑到湖岸都没问题。可是今年春天,几乎连一条鱼都没有。我们

137

真的觉得这很不对劲，应该是被人下了咒。"

"每年春天，都会有大量的水从东边的冰河流进湖里，那是神灵赐福的时节，湖水水位高得在我们帐篷底下拍打，催着我们入眠。今年春天就不同了，湖水的水位愈来愈低。"阿南姐说。

"麻烦事都从西边来。"由勒大声说，发红的双眼死盯着两个陌生人，"我们听人说有个放逐者，一直朝着湖的方向走。后来我们果然看到了他，他偷走圣土，还带来麻烦！现在又来了两个陌生人，事情只会愈来愈严重！"

一听到有人说起托瑞克，芮恩和贝尔两人顿时直起身子，谁也不敢去看谁的眼睛。

领袖看出端倪。"你们认识那个放逐者。你们是什么人？"

"我是海豹族的贝尔。"贝尔自豪地说。

"我是乌鸦族的芮恩，是芬·肯丁的侄女，黛拉缇知道我。"

黛拉缇双手交叠，一声不吭。

芮恩举起她的护腕给他们看。"看到没？这是绿岩，是芬·肯丁照着水獭族的方法帮我做的，那是他以前寄住在你们这里时学会的。"

一个老人抬起目光，沾满眼屎的双眼离开了饭碗。"我想起来了。那个年轻人脾气很坏，不过对湖泊倒是非常尊敬。"

"就算这女孩的身份真的如她所说。"由勒说，"那这个男孩呢？湖上的海豹？那怎么可能？"

"他的水性很好。"芮恩急急接口，"要不看看他手臂上的芦苇图腾。"

贝尔的图腾刺的是海草，不过他知道最好什么都别说。

"关这些什么事啊！"由勒大声嚷着，"你们大家都看到了，当我一说到那个放逐者的时候，他们那个紧张的样子！"

领袖往贝尔的脸上看了又看。"你们认识那个放逐者？"

贝尔昂起下巴。"是的，但这并没什么不对。"

"帮助他就是不对。"由勒大吼起来。

贝尔十分紧张。

"你们看到没？"由勒大叫着说，"他们和他勾结，他们会因此遭到放逐！阿南姐，我们一定要杀了他们，要不然事情会愈来愈严重的！"

"才不是！"芮恩抗议地说，"我们和你们的事又没有关系，不过——不过我倒是知道，这些事是谁下的手。"

"你怎么会知道？你又是为了什么来这里？"阿南姐紧靠过去，她灰绿色的眼睛看起来很怪，像是湖水在那里头发亮。

芮恩的心狂跳起来，她如果说谎，一定会被领袖察觉，但她如果坦白说出他们来这里的用意……

"你们说的那些邪魔。"芮恩小心翼翼地说，"以及没有鱼可捕的事，还有咬人的恶鬼——这些如果不赶快阻止，就会扩散到森林里。"她停了一下，又说，"有一个食魂者在湖边，事情就是这样发生的，我们之所以会来这里，也正是为了这件事。"

帐篷里安静无声，只剩下灯芯燃烧的哔剥声，以及帐篷下水花溅起的哗哗声。

"她说谎！"由勒说，"食魂者？证据在哪里？"

领袖的目光始终放在芮恩身上。"她说得并没错。"她终于开口说，"只不过没说出全部的事情来。"她蓦然点了个头，"其他的事，巫师会查出来的！"

第十九节

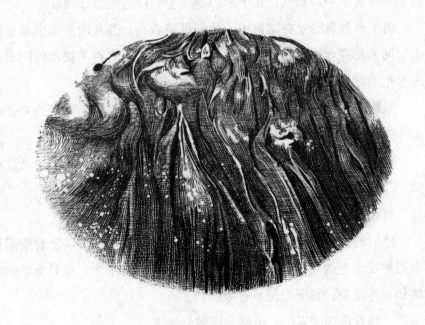

"什么都别说。"芮恩小声对贝尔说，这时由勒催促他们走上一条烟雾朦胧的走道。

贝尔把头靠向她。"你听到阿南姐说的话了，他们的巫师会把真相查出来的，我们该怎么阻止他？"

"别去想托瑞克的任何事。"她回答，"专注地去感觉你认为最强有力的感觉。愤怒、憎恨、悲伤。"

他沉下脸。"怎么全是些不好的感觉。"

烟雾往两旁散开，他们这才发现自己站在一座圆形的平台上，那儿搭建了一座小小的芦苇帐篷，门边嵌着一副很大的狗鱼牙齿，上头有只水獭在游水，那是用亮丽的杨木精细雕刻而成的。

由勒硬是推着他们曲下膝盖，阿南姐示意他们进去，他们忐忑不安地爬了进去。

芮恩闻到芦苇潮湿的气味，听到湖水喷溅而起，汩汩流动的声音。透过地上的裂缝，闪烁不定的湖光一波波地照在墙面上。她听到贝尔深深吸了一口长气，接下来，她终于明白这是怎么回事。

两个小孩盘腿坐在暗影中。他们低垂着头，苍灰的头发披散在地上。两人都穿着银色鱼皮的无袖短上衣，衣服上有芦苇摇动的图案，那是把染绿了的皮裁切成条状再缝上去制成的。

双胞胎，芮恩心想，全身每一个毛孔都感到害怕。一开始先是两头小鹿，然后是两个头的鱼，现在又出现这个。这代表什么？

阿南姐和由勒强迫她和贝尔趴下，把额头叩在地上。"见过巫师。"他们说。

双胞胎像是同一个人似地一致抬起头。

他们的头发是发霉芦苇那种带绿的金色，他们的皮肤泛着刚溺死者那种反着光的苍白。男孩的眼睛亮晶晶的饱含水光，可是女孩的眼睛却迷迷蒙蒙，盲了似的只有眼白。

"她看得到灵界。"由勒充满敬意地说。

"这怎么可能？"贝尔说，"他们最多也不过十岁。"

男孩把嘴唇往后一拉，露出灰色的尖牙。"年龄不具任何意义。"他的声音尖细得很像鸟在叫，"我们的心灵转世重生，我们是巫师。"

　　芮恩乍然觉得背脊一阵冷凉。

　　"太初之始，我们就在这里了。"男孩说，"我们亲眼目睹大洪水将大地洗净，我们目睹这个湖的形成。"

　　盲眼女孩低声哀鸣，男孩也因悲痛紧绷着脸。"但是现在，邪灵污蔑了这个湖！可怕的事在夜晚降临！"

　　阿南姐开口说："巫师，这两个陌生人承认，他们认识那个拿走圣土的放逐者。"

　　"放逐者并没有拿走圣土。"男孩说，"但是圣土被拿走是因他而起。"

　　"可是巫师。"由勒说，"这还不都一样。"

　　"不一样。"男孩说。

　　"那么请告诉我们。"阿南姐说，"他们为什么会来这里？我们又该怎么处置他们？"

　　盲眼女孩把一只手放到双胞胎哥哥的膝上，他便点了个头，像是她说了什么似的。"我们会让他们自己说的。"他狡黠地沉沉一笑。"我们将和心灵一同骑着潜鸟与芦苇，我们将会把真相抽取出来。"然后他对由勒说，"把屋里弄黑。"

　　由勒把卷起来的垫子展开，遮在门道上。

　　芮恩觉得自己毫无出路，如果让这两个怪小孩发现，他们想帮托瑞克——如果他们真有办法看到她的意念……

　　暗影中，她看到男孩拿出一个用一整条鲑鱼做成的药袋。他从鱼下巴那里抽出一截芦苇，用拇指的指甲割出几道缝隙。他轻柔地往缝隙里吹气，跟着帐篷里立刻充满潜鸟颤抖的叫声。

　　这时女孩从纠结的莎草团中抽出一根草，用手指编织起来。芮恩看到她编的图案：一张渔网、一艘船、一座小小的死亡平台。她的意

念逐渐展开来。

她用力把自己摇醒。

"很轻的、很轻的。"男孩说，"**它来了。**"

一开始他们先是听到声音，帐篷里涌入飕飕、格格的声音。然后，他们开始感觉到，有水在他们的脚边打旋。

芮恩大吃一惊，贝尔吓得一个转身。

"别乱动！"男孩警告地说。

这时芮恩感觉到冰冷湿滑的水草缠绕着她的脚，她急急往下扫视，帐篷里干干的，可是，**她感觉到了**，水草缠在她的脚上、她的腰间、她的双手。她试图挣扎，却动弹不得。

她只能眼睁睁地看着盲眼女孩朝贝尔伸出双手，他想甩开，可是看不见的水草却将他牢牢绑住。

女孩的指尖白白皱皱的，好像浸在水里过久似的。指尖像小鱼似的，在他脸上轻快地游来游去，摸索着他下巴的线条、喉头的肌肉。

盲眼女孩张开嘴巴，声音像是海浪急遽涌上沙滩击打一片砾石那样。"你弟弟现在好多了。"她喃喃地说，"死亡治好了他的疼痛。"

贝尔惊讶地倒抽了一口气。

白色指尖迅速跳到他的颈背，跟着叹了口气地收回去。"啊！你要善加利用你的时间了！"

她放开他，贝尔的头立刻垂下来，吃力地呼吸。

芮恩全身紧绷地看着盲眼女孩转身到她面前。她闭上眼睛，感觉脸上有东西在跳动，轻巧、冰凉，像是有只青蛙在那儿。她极力让托瑞克离开她的心念，可是细小的手指却触进她的意念，将他拉回表层，结果，她不论怎么想**全都是**他。

她看到的他，并不是她上次看到的那样，屈身缩在柳树林里，而是在春天某一个他们一起出猎的日子。他单脚跪下来，检视榛木枝被咬掉的一端，深色头发落下来挡着他的视线，然后他脸上露出那种每次追踪时都会露出的着迷模样。他发现她在看他，迅雷不及掩耳地露出一个难得的、露出牙齿的狼式大笑。

盲眼女孩伸手去取这一幕景象。

芮恩用尽力气，想将这份记忆往下推到深处。

"啊！"盲眼女孩说，"这个很有力量！"

她突然把指头弹到芮恩的手腕上，来回摸着她那道之字形图腾。"她内心充满了斗志。"她轻轻地说，"她一定要非常小心，要不然这场斗争恐怕会让她死无葬身之地。"

再一次，芮恩的脑海中浮现出托瑞克的影像，可是这一次，他站在黑色的岸边，表情狰狞得让她几乎认不得他。

再一次，冰冷的手指朝着这个影像探去。

芮恩使尽力气撑住，用坚定的意志将托瑞克一把推开，然后把意念放在蛇族巫师身上。她吹拂着沉睡在心中的怒火，让它熊熊燃烧起来：炽热的、明亮的焰火，她让意念定在那里。

盲眼女孩轻声叹了口气。

芮恩打了个颤，睁开眼睛。

阿南姐压低声音问："放逐者怎么样了？他们是不是有和他勾结？"

"没有。"盲眼女孩小声地说，"但是他们是计划去找他，他是出自骨血之亲，她是出自真心之情。"

阿南姐沉下了脸。"既然没做什么坏事，那我们就该派人把他们送回森林去。"

"不行！"双胞胎同声大喊起来，"这个湖需要他们！需要男孩的强壮，女孩的力量！要对抗夜晚降临的可怕事情，没他们不行！"

女孩把雾茫茫的眼睛转向芮恩。"你很清楚这点，你有力量可以和它对抗，可是你心里又很害怕。为什么？你为什么要害怕自己的力量？"

由勒盯着芮恩看。"你也是个巫师？"

145

她摇了摇头。

"说吧！说吧！"双胞胎声声催促。

第三次，芮恩觉得女孩又在探索她的意念，这次钻得更深，试图搜出她最小心守护的秘密。

不！她在脑中尖叫，她极力抗争，但水草将她牢牢绑住。

情急之下，她再次为微小的怒火注入生命，怒火亮了起来，一口吞噬这座帐篷……

盲眼女孩大叫一声。

男孩往后一跌。

芮恩感觉到水草啪的一声断裂，滑了下去。

男孩疲惫地坐起身子。"他们可以自行离开，给他们足够在湖区生活的衣服和粮食，送他们到东边去。"

由勒一跃而起。"不行！不可以这样！"

"可是巫师！"阿南姐大喊着说，"你们真的确定要这么做吗？"

"我们看到他们朝东边走。"男孩边喘息边说，"冰河的东方。她会使用她的力量，他会帮她，他们会找到他们想找的东西。"

"不行！"由勒抗议地说。

"放了他们！"男孩命令地说，"如果他们作出什么不对的事，这个湖自会把他们带走，到时你自会在失物湾那里发现他们漂浮的尸体。"

由勒一脸暴怒，阿南姐则万分不解。

芮恩发着抖，往帐篷口爬去。突然间，盲眼女孩一把抓住她的手腕。芮恩想甩开，可是瘦骨嶙峋的指头却有着强劲的力道。

"提防冰冷的红火。"女孩用气音说，"提防致命的湖泊！"

芮恩使劲挣脱她的手，跟跄地走出帐篷。

第二十节

"他们为什么会放了我们？"贝尔说，"就这么简单，我不喜欢。"

芮恩没回话。和双胞胎的这场见面，耗尽了她的心志，她只要一想到他们在她意念中所看到的景象就害怕。

她和贝尔回到主帐篷，那是阿南姐之前安置他们的地方。由勒悄悄走进来，猛地转头瞪向贝尔。"滚！"他大吼起来，"我会拿补给品和湖区的衣物给你们的。"

芮恩作势跟着他走，但他拦住了她。"你别动！女人会拿过来给你的！"

芮恩不久就发现，不只由勒一人不满他们被放走，其他人也都一样地生气。当黛拉缇给她带来新衣服时，黛拉缇连看都不看她一眼，而且还把衣服一骨碌地倒在垫子上。

"你这些鹿皮派不上用场。"她臭着一张脸说，"湿的时候太重，干的时候又太硬，把这穿上。"她指着一副用麋鹿软皮做的半腿长绑腿，以及一件用莎草细织的背心。"你得自己把氏族动物毛皮缝上去。"

在尴尬的沉默中，芮恩换上新衣，剪下待会儿得缝上去的氏族动物毛皮。她正想开口跟黛拉缇道谢，这位大姑娘已经走到门口了。

"黛拉缇？"芮恩说，"我做了什么吗？"

黛拉缇瘪了瘪嘴："装得好像你什么都不知道似的，就算你有办法骗得过我们的巫师，可是你骗不了我。"

"你这是什么意思？"

黛拉缇转身面对她，挥着手说："走开一点！我已经告诉大家你是个什么样的人了！我已经把我们以前在你背后说的悄悄话告诉大家了！你，还有你那双黑漆漆的眼睛，还有你那些会变成事实的梦境。你是不祥的，这大家都知道，大家都知道不论是谁，只要一靠近你，就一定要遭殃！"

芮恩十分难过。"不是这样的。"

"你知道事实就是这样！你哥哥、你父亲、托瑞克。最好有人提醒那个海豹族男孩一下，以免迟了就来不及了！"说完后她立刻走开，留下芮恩一个人。

她全身不停地发起抖来，万一黛拉缇说的话属实，那怎么办？

噢！乱说话！她对自己说，黛拉缇只是心怀旧恨，她向来就不喜欢你。

问题是，没什么人真的喜欢她。他们容忍她，不过是看在她是芬·肯丁的至亲份上，但是他们个个都怕她在巫术方面的天赋。

悲惨的感觉包围着她，她好想念托瑞克，只有托瑞克，曾经真心当她是朋友。

在走道上，她看到了贝尔，贝尔已穿上麋鹿皮绑腿和银色鱼皮背心。"你还好吧？"他一看到她的表情，便这么问。

"不好！"她断然回答。

他扬了扬眉，却什么话都没说。

他们在阿南姐和一群沉默的水獭族人的注视下，走到天窗那里，攀着绳梯爬下去，坐上皮船。

"装备都在船上了。"贝尔一边说，一边解开定泊的绳索，将船划开。"趁他们还没改变心意之前，我们赶快走吧！"

这个湖很阴森，处处暗藏着水流，以致皮船突然失控地乱转，有几次芮恩差点儿跌到船外。

"它不喜欢淡水。"贝尔为他心爱皮船的不良表现寻找借口。"都是我不好，比起在海里，这里吃水比较深，我不太习惯这样。"

芮恩缩在他身后，尽管披上她在其中一个背包里发现的海狸皮斗篷，一会儿工夫她已全身湿透。她觉得自己是个包袱，贝尔比她强壮，而且很会划皮船，她很想帮忙，可是当真上场，最后却让自己的桨和他的桨撞在了一起。

偶尔，只有当她拿出鸡骨哨子，吹着哨子呼叫狼的时候，她才觉得自己有点用处。不过，她从没得到响应，于是一切就又变得更糟。

当她一想到等在前方的事物，恐惧便在她的心里挥之不去。**她会使用她的力量**，水獭族巫师曾这么说，可是芮恩一点也不想使用她的力量，从来不曾想过。

这晚，他们驻扎在一个遮蔽良好的湾口。他们从森林带出的粮食已经吃完了，不过水獭族人替他们添补了芦苇花粉和烤鲑鱼皮，于是他们闷闷不乐地煮了一锅薄粥。

贝尔看来似乎有什么心事。吃完饭后，他说："水獭族巫师说你很害怕你的力量，那是什么意思？"

芮恩全身紧张起来。

"她说的是巫术，是吗？"见她没回答，他又说，"如果我们找不到托瑞克，说不定就要靠它了。你既然有这个能力，为什么不拿出来用？"

"你说得倒是容易。"她很小声地说。

"可是为了托瑞克，为了托瑞克你会去做吧？"

她没答话。

"你到底在怕什么？"

"我没有怕！"

在那之后，谁也没再开口。贝尔把皮船竖立在岸边的柴堆上，盖满松枝，做成帐篷，然后他裹进他的海狸皮斗篷里，背对着芮恩，不理她。过了很久，芮恩才渐渐入睡。

隔天，他们朝着东边划了一整天，却没看到任何托瑞克的踪迹。芮恩感觉他们并没有离他愈来愈近，倒是他们离某个东西愈来愈近了。她内心的恐惧愈来愈深。

当太阳逐渐西下，迎面吹来一阵猛烈的东风，使得贝尔不得不拼命划，才能让船继续往前走。接下来，当他们绕过一座岛屿，芮恩的脸感到刺骨的冷，然后就在那里：冰河闪动着刺眼的光芒。

她害怕得再无任何感觉，就是在那边的某个地方，她父亲找到自己的死路。

贝尔转过身面对她。"这一带感觉怪怪的，他为什么要来这里？这里又没有猎物，什么都没有。"

"水獭族的巫师说，我们会在东边找到我们想找的东西。"不过芮恩再清楚不过，巫师的预言很诡异，而且可以解释成很多不同的意思。

当他们又往前划了一点，刺冷的感觉乍然成为一股寒气逼人的强风，冰整个变成蓝的。芮恩高昂着头，望向耸立在上方发着亮的山崖，她听到融雪汇成小河流淌的声音，可是她看不见。山崖上并没有瀑布在流动，有的只是那片耀眼的蓝冰。

"我们靠得太近了。"贝尔说，"我们最好调头回去，在我们之前经过的那座湾口扎营，我们已经走得够远，不能再往东边去了。"

那晚，芮恩在睡梦中看到托瑞克。

他蹲在一片黑沙滩上，衣服破烂不堪，一脸的凶暴和绝望，同时，他拿着燃火的木头疯狂地攻击——**疯狂地朝狼攻击**。

芮恩倒抽了一口气，醒了过来。

贝尔不见了。

她走出营帐，发现他正盯着两艘驶出湾口的芦苇船看。

"我做了个梦。"她跟他说，"托瑞克状况更糟了，他恐怕就快撑不下去了。"

贝尔冷冷地点头。"问题是，他在离这很远的地方。"

"你怎么知道？"

他指了指那两艘船。"他们出航到这儿捕鱼五天了，所以他们并不知道我们的来历。他们帮了很大的忙，跟我说了不少其他人瞒着我们没说的事情。有人在芦苇底丛发现了托瑞克的弓。"

"芦苇底丛？"芮恩呆住了。

"就在隐形人之岛附近，水獭族巫师要我们走的方向是错的。"

151

他使劲捶着自己的掌心，"啊！芮恩，我们就差那么一点啊！如果我们早点知道，现在说不定已经找到托瑞克了。"

"可是让我们走错方向！这究竟是为什么？"

"管它是为什么？我们走得比之前远，如果你说的属实，他大概没多少时间了。"

她匆匆想了一下。"我们要走多久才能到那里？"

"照乌鸦飞行的速度，大概要一天。划皮船，中间又有这几座岛屿挡着，两天，也可能三天。"

"我们马上出发！"

"还不行。"他指向东方，灰紫色的云层集结在冰河上方，"世界灵"显得焦躁不安。

"可是我们还是得试试才行。"她不放弃地说。

"如果我熟悉这个湖的水路，那当然行；可是这里我不熟，何况暴风雨就快来了，那根本行不通，到了那里，托瑞克已经死了，我们也没什么用。"

她跑到水边，这时才恍然大悟，原来一切的一切，全都是刻意的安排，为的就是把她带到这来。或许，这也就是为什么水獭族巫师要他们往东走的原因：逼她作出她铁了心不再去做的事。

她背对冰河，凝神望向西方。锥状的黑岛漂浮在琥珀色的湖面上，就在远处的某个地方，灵魂生病的托瑞克就快要死了。

"那么我再也没有选择的余地了。"她面向贝尔，"我们必须在这里给他支持。""你的意思是？"

她深吸一口长气："我必须施行巫术。"

"芮恩，发什么疯！"贝尔吼了一声，奋力在暴风雨的撕咬中，让皮船不致下沉。"我们得快点回到岸边去！"

"还不行！"芮恩大喊着说，"我们一定要通过最后那座岛！我必须清楚地看到西方，要不然我们的支持到不了他那里！"

"可是船里开始进水了！"

"如果你真的在乎托瑞克，**那就继续往前划！**"

天空变得一片漆黑，风在她的耳边尖声呼啸，拉扯她的衣服，吹得她的头发往脸上打，湖水被翻搅出一片狂乱的白浪。皮船整个直竖起来，又斜入水中，幸好贝尔的本事好，皮船才没整个沉到水里。

她想尽办法，终于平稳地跪在横木上，一手紧抓船只，另一只手往药袋里钻。能用的她在岸上都已用尽，只剩最后一个咒语还没用。

她拖出需要的东西握在手中，冷酷无情的满足感令她雀跃激动。也许蛇族巫师当真握有托瑞克的名字石头，但是她——芮恩——却也拥有力量相当的对象。

"那是什么？"贝尔大声问。

"他的头发。"她拉高音量说，"去年冬天，他需要做伪装，所以我就帮他剪了些头发，留到现在！"

她摇摇晃晃站起身，举起握拳的手，托瑞克的深色发丝在风中飘呀飘的。贝尔抓着她的腰带，帮她保持平衡。"这是最后的机会了，我们得快点回到岸边去！冰雹就快要打下来了，如果船被冰雹打出洞来，我们就得等着沉船了！"

"还不行！"

芮恩把头往后一甩，高声对着暴风念咒——她召唤飞遍冰地和高山、森林和海洋的乌鸦族守护灵——她召唤它，请求它去寻找托瑞克。狂风从她的唇边攫取咒语，越过湖面带往西方。

她把双脚卡在摇晃不已的船边，同时抓着贝尔的肩膀以保持平衡，可是就在她念咒的时候，她感觉到一股强大的意志力迎面而来。

我感觉到你的意图了……你不会成功的。

芮恩的膝盖一弯，整个人差点跌倒。

你不会成功的。

她试着关上心门将它隔离，可是那股力量实在太强了，强过水獭

族的巫师，甚至比莎恩还强。它有着令人畏惧的食魂者的力量，那绝不是一个毫无经验的女孩，凭着微弱的咒语就能压制得住的。

"世界灵"重重一捶，打散了云层。冰雹纷纷落下，连续不断地打在他们的脸上。

贝尔把皮船大幅度调转。"礁石！前面有礁石！"

芮恩最后一次举起握拳的手。"飞吧！"她尖声高喊，"飞去帮助那个灵魂生病的人！"狂风扯下她手中的托瑞克的发丝，往湖面一散，就在这时，皮船突然直立起来，冲出水面，芮恩整个人被震得往后一倒。

"我们撞到礁石了！"贝尔大喊起来，"牢牢抓住船！**千万别放手！**"

冰雹轰轰轰地，带着芮恩的咒语，一路往西边去。它扫过整个大湖，吹倒整片芦苇，重重打在隐形人之岛。

就在黑沙滩的边界，松林受到猛烈吹袭，松林下托瑞克的帐篷摇个不停，松果和松枝哗啦啦下雨似地落在他的帐篷上。接着，有个很重的东西从树上掉了下来，砰的一声打在了屋顶上……

托瑞克醒了过来。

第二十一节

托瑞克蜷缩在他沙沙作响的松针床上，聆听"世界灵"惩罚着这些树。

他好怕冰雹，还有那个掉在屋顶上不知是什么的东西。他什么都怕：湖泊、隐形人，可他最怕的是那一群狼。它们一直待在森林里等他，偶尔他会看到灰色大大的那只，偷溜到很近的距离等待时机想扑上来。

因为这群狼，他一直没敢进到森林去，于是，他只能靠着被霜冻坏的莓果和发黑烂掉的蘑菇勉强维生，偶尔若能抓到那种跳来跳去黏黏绿绿的东西，他也会吃上一只。

这个世界变得莫名其妙。天空对着他尖叫；树林间，那些跑得很快的小红东西一直用木质果实攻击他；一道道绿色电光从他身边飞射过去，嘲笑着他；滑溜溜的棕色动物在水里晃来晃去，不停地骂他。当他在睡觉的时候，有个怪物跑来咬他的帐篷，当他醒过来，他看见树枝逆流而上。

又来了，又有东西砰的一声打在屋顶上。这次，屋顶嘎嘎叫了起来。

托瑞克把眼睛闭得紧紧的。

终于，暴风雨渐渐散去，冰雹不再落下。他害怕地抖个不停，紧紧抓着他的斧头，爬到帐外。

冰雹把矮树丛全部夷为平地，把树枝扯得七零八落；它让滩头铺满了硬硬的半透明圆石，他踩在上头，发出嘎吱嘎吱的声音。在一片倒下的蕨丛里，有个东西在动。

不对，是两个东西，一对巨大的黑鸟。

托瑞克紧紧抓着斧头，侧着身子慢慢靠近。

较大的那只嘎嘎叫了起来，啪啪拍着翅膀，很是吓人；小的那只则把头收进肩头，想假装这里没它这只鸟。

托瑞克看见残剩的鸟巢，挂在高高的树上。这两只鸟八成是跌出鸟巢之后，弹落到他的帐篷上，然后摔进蕨丛的。

他往前又走了一步，这一步急得它们又是拍翅，又是尖叫。

他眯了眯眼睛，原来它们怕他呢！

他看见它们的嘴角皱皱的呈桃红色，而且虽说它们张开的翅膀几乎和他伸直的双臂同宽，可是再怎么拍也还是没什么作用。

"你们没办法飞了。"他大声地说。

这句话让它们停下拍翅的动作，它们缩成一团，凝望着他，惊怕得不时颤抖。

他的肚子饿扁了。这么多的肉，而且既然它们飞不了，那就更容易下手。

突然他觉得很难过，他下不了手。它们让他想起某个东西，又或许是某个人，到底是什么他想不起来。

一声"格格格"撕裂整片天空，他立刻趴下。

高空中，一只大鸟盘旋着飞来——就这只还能飞。它飞下来，立在残剩的鸟巢上，目光炯炯地盯着他看。它头上的羽毛蓬蓬的，好像两只耳朵，翅膀张得大开。

它生气地咬断一根树枝，朝他扔下，接着它又扔下好几个木质果子。"格格格！"

"少来烦我！"他大吼着说，大起胆子，捡起一颗木质果子，扔了回去。

这只鸟急急忙忙，飞走了。

托瑞克确定那鸟没再飞回，便移往岸边搜寻吃的东西，没再理会那两只幼鸟。既然他没办法吃它们，那它们对他而言也就没什么用。

他找到一朵长着蛆的蘑菇，味道还算不错，唯一的缺点就是咬的时候有东西动来动去且喀滋喀滋的，因为他忘记在吃下去前，先把那些木虱子晃下来；之后他又抓到两只跳来跳去黏黏绿绿的东西，他拿了块石头宰了它们。一只他直接生吃下去，另一只他绑在腰间，打算待会儿再吃。

他回到帐篷，发现那两只幼鸟还在原来那个地方没走。当它们一

看到他绑在腰间上的那只绿东西，立刻拍动翅膀，吱吱吱吱地求个不停。

"不行！"他说，"这是我的！"

吱吱声变成了生气的嘎嘎声，它们叫个不停。

他如果帮它们搭个窝巢，它们应该就会闭嘴了吧？

他在树枝分叉处放了一堆树枝，硬是把较大的那只放了上去。

这只鸟啄他的袖子，不停拉扯。

"放开！"他抗议地说。

强有力的鸟嘴比托瑞克的中指还大，一下子就把袖子撕开了。这鸟用它强大的爪子紧抓住鹿皮，一抓牢就将它撕裂，眼睛还瞪着托瑞克，好像在说：**如果你能按照我的要求给我东西吃，我自然不会这么做。**

蕨丛中，较小的那只笑了起来。

托瑞克拖它上来，把它扔在鸟巢里。它摇摆它的屁股，朝着他喷出白色鸟屎，表示对他的感谢。

"喂！别闹！"他大叫着说。

"喂！比闹！"它呱呱呱沙哑地说。

托瑞克眨了眨眼，鸟又不会说话。

会吗？

如果它们会说话，那他或许真不该让它们饿着。

他在矮树丛中搜索，抓到几只蜘蛛，一拳把它们打扁。两只鸟狼吞虎咽地拼命吃，若不是他及时放开食物，它们恐怕连他的手指都会一起吃下去。

他又喂它们吃了绿东西的一条腿，然后再喂一条。他坚持吃这么多就够了，大的鸟眼带责备地瞪他，然后把头藏进背羽里睡觉。小的鸟也一样。

托瑞克也很想睡，不过他先从跳跳的绿东西身上割下一小片皮肤，放在屋顶上。他不知道自己为什么要这么做，不过这事感觉好像很重要。

他打了个呵欠，把剩下的跳跳的绿东西全吃了，然后就爬进帐篷，钻进松针堆里。

就在他正要睡的时候，他忽然大声说："青蛙。这个跳来跳去黏黏绿绿的东西叫做青蛙。"

黑色幼鸟主控了他的生活。

它们很吵，老是肚子饿，如果他不拿东西给它们吃，它们就会更吵。不过它们的眼睛和耳朵非常灵敏，而且它们吓走了晚上会来咬东西的怪物和树林间那些跑得很快的小红东西。

过了几天，他开始让它们离开鸟巢。它们跟在他身后，一跳一跳地摇摆着步子。他察觉到自己在跟它们介绍事物，一面介绍一面慢慢想了起来。

"这是松果，吃起来很硬。这个是越橘，好吃极了——噢！还有这个柳草，你只要剥开它，就可以编成细绳子。懂了吗？"

两只鸟张着黑色的眼热切地观望，看到什么就用鸟嘴戳一戳，看那能不能吃。

大多时候，东西都可以吃。它们吃了莓果、蟋蟀、青蛙、屎尿、还有他的衣服，在他准许它们吃的时候。虽然它们那只大鸟嘴使得挺顺，但比起自己捕食，它们更喜欢用偷的。

它们也很懂得怎么去偷。当托瑞克把刺藤鱼钩绑在线上，钓到第一条小鱼，他得意洋洋地急急把鱼带去给它们看。隔天，他发现大的鸟用鸟嘴在拉那根线，小的鸟则在一旁充满希望地望着。

为了喝阻它们，托瑞克把小刀拿出来摆到线旁边；虽然它们不再去弄那根线，但它们却一直啄缠在刀柄上的鹿皮腱条。他把小刀换成斧头，这招果然有效。

隔天，当他走出帐篷，大的鸟嘎嘎嘎地跟他打招呼，从鸟巢飞

下，来到他面前。

"你会飞了！"托瑞克十分惊讶地说。

大的鸟也被自己做出的事吓了一跳，站在他脚上的身子抖个不停。然后它张开翅膀，飞上树顶。就在那里，它吓得胆都没了，凄惨地求他救它。托瑞克拿了一些切碎的青蛙和几个鱼眼睛，终于顺利地把它诱拐下来，然后就从那时候开始，它站在一旁，嘲笑它妹妹，因为它妹妹还在鸟巢里拼命地拍翅膀。一直到下午过了一半左右，它妹妹终于也学会飞了。

在那之后，它们学得很快，才没多久，当它们在空中盘旋、翻筋斗，它们粗哑的叫声便会在空中回荡不已。它们的羽毛漆黑光亮，闪耀着蓝紫色和青绿色的美丽虹彩；当它们高飞的时候，它们的翅膀会发出强劲干涩的沙沙声，像是芦苇丛被风吹过。这让托瑞克非常感伤，仿佛他以前也曾经会飞，可是后来却再没机会高飞了。

有天早晨，它们高高飞上天空，再也没回来。

托瑞克对自己说，那没什么关系。他布下了一个陷阱——这是他最近刚恢复的一个技能——然后他吃了些莓果，没忘记放几个在大圆石上，作为奉献。

不过他很想念那两只乌鸦，他喜欢它们，它们会让他想到什么——他想不起来的——不过他知道，那是一份很美好的回忆。

薄暮降临，他前去检查前晚布下的陷阱，他很好运，里头有只水鸟。他生了火，把鸟烤熟，可是却没什么胃口。

突然间，他听到熟悉的嘎声，接着是强劲、节奏清楚的拍翅声，它们往下飞，砰的一声降落，一边肩膀站一只。

他痛得大叫，因为它们的爪子好利。于是拨开了它们，不过他很高兴它们终于回来了。

那天晚上，他们三个一起吃了顿大餐。这两只乌鸦，他替它们取名叫"瑞"和"蕊"——它们吃得太撑，竟然飞不起来，还得靠他把它们带回到它们的鸟窝。

在它们睡了之后，他坐在湖边，望着上空叫声尖锐的小褐雨燕，就在这时，一只啄木鸟像一道绿光似地飞掠过去；一只红色松鼠单脚倒挂在树上，想摘取别的树枝上还没成熟的榛果；当月亮升上天空，一只海狸摇摆着步子从森林里走出来，警戒地先望了托瑞克一眼，然后才安坐下来，啃咬柳树的树苗。树倒了下来，海狸咬下一根树枝，把树枝拖在身后，逆流往上游游去。

这么多天来，托瑞克第一次感到平静。终于，胸前的伤口看来已在愈合，他内心不再感到害怕。他知道他还有很多事没想起来，不过这个世界渐渐地不再那么莫名其妙了。

湖水很静，森林安分地度过了这短短的夏夜。

托瑞克觉得有双眼睛在盯着他看，他转头瞄了一眼。

树林那边，有双琥珀色的眼睛与他四目交接。

他陡然站起身。

一袭灰影一个转身，没入了林间。

第二十二节

一只狼不会有两个狼群。

狼深深体会到这种情形的痛苦。他吃不下，睡不好，无法与其他狼一起快乐的嗥叫。打从"无尾高个子"拿着火攻击他口鼻，从那可怕的一刻起，悲惨的感觉就如影随形地紧跟着他。

如今，当他穿越森林，嫉妒也如影随形地紧跟着他。**"无尾高个子"跟那些乌鸦在一起干什么呢？**狼和乌鸦有时候是会玩在一起，打猎时也会互相帮忙，可是它们毕竟不是狼的兄弟啊！

当狼回到他们藏身的洞窟，狼群的其他狼早已完成猎杀回到窝里，幼狼也都吃饱，到洞穴睡觉去了。狼跑去碰碰带头双狼的鼻子，其他狼也照着这么做，之后大家就放轻脚步，回到自己的睡窝打盹去。一直待在洞穴里照看幼狼的"白爪"出去查看森林里是否有带来威胁的山猫、熊，以及出没在河湖里的"不一样的"味道。狼趴下来，守护幼狼。

"无尾高个子"不再需要他做他的兄弟了，他从没对他发出狼嗥或是到森林里来找他。

现在，来了那两只乌鸦。

幼狼突然从洞穴冲出来，快跑到狼身边，拼命地吠叫——在那一瞬间，悲惨的感觉消退，狼跳起来，对幼狼打了声高亢的招呼。它们用粗硬的口鼻轻轻推挤他，于是他快速挥动起尾巴，就像是要把放在肚子上的驯鹿肉抬起来时那样。幼狼长得很快，再过不久，狼群就要离开洞穴，迁到一个得跑上好一会儿的地方，到时幼狼就得在那里学习狩猎。

就在狼想着这些事情的时候，悲惨的感觉悄悄回来了。离开洞穴会让他和"无尾高个子"的距离更加遥远。

他躺下来，把口鼻埋在脚爪之间。

不过既然他身负守护幼狼的责任，他还是把一只耳朵伸向幼狼，然后很快就发现，它们正悄步朝他走来，好像他是猎物那样。

"咆哮"——最聪明的那只——天真地用脚爪夹了根树枝，并且侧着身子不断靠近；"劈啪"——最小却也是最凶的——把肚子伏在地上，悄悄绕到狼的身后；还有胆子最小的"挖挖"，正伺机等着别人围攻之后一举扑上来。

突然间，"劈啪"发动攻击，用它尖利的小牙齿咬住狼的侧腹；"咆哮"朝着他的口鼻跳过来；"挖挖"攻击他的尾巴。狼配合地侧倒一躺，接着它们就爬上他的身。它们咬他的耳朵，他于是伸出脚爪把耳朵盖住，它们于是转咬起他的脚爪，他随它们玩，因为它们是幼狼。

"挖挖"跳起来，挖出一个新玩意儿：一头幼鹿的前腿，还是带蹄的。"劈啪"吼叫着冲上去，**那是我的，我是幼狼的带头狼！**然后它站在"挖挖"身上处罚它；"咆哮"趁机溜到它们中间，带着战利品快逃。

当狼看到"咆哮"用嘴咬住鹿蹄，他突然觉得自己好像又回到小时候，回到过去和"无尾高个子"第一次猎杀的时候，他嚼着他的狼兄弟给他的一只鹿蹄。悲伤的感觉令他无法呼吸，他痛得低声哀鸣。

"深色"醒了，走过来舔他的口鼻，小心避开他被火烧到的那一侧。狼充满感激，可是他的痛仍然没有消失。

"白爪"回来后，接任守护幼狼的工作，狼于是想去睡个觉，可是只要一想到那些乌鸦，他就不断被啄醒。

他跳起身。这样下去很难受，他一定要去弄个明白。

从这里到"无尾高个子"的洞穴不用太久，狼窝在蕨丛里，匍匐前进。

不久，"无尾高个子"出现了，伸了伸懒腰，喃喃自语。他的声音变得比以前更低沉、更粗哑，可是他的气味一点都没变。

这感觉好痛，靠得这么近，却不能上前问候他。狼真的好想摇一摇尾巴，他好渴望能再被那些钝钝的脚爪搔搔侧腹。

他不知道自己该不该冒险，试着极轻极轻地低鸣一声？就在这时，眼前的景象让他闭上了嘴巴。

乌鸦停落在地上，"无尾高个子"用无尾的话和它们打招呼。

狼定住不动。

"无尾高个子"蹲下来，轻抚乌鸦的翅膀。他轻轻地用他的前爪扶住大的那只的鸟嘴，温柔地摇了摇，乌鸦格格叫了起来。

嫉妒像牙齿似地啃咬着狼的心。"无尾高个子"以前都会用口鼻咬住他，和他一起打滚、狼嗥、玩着咬来咬去的游戏。

此时，"无尾高个子"沿着河走去打猎，乌鸦跟着他，在天上盘旋飞行，就像狼以前都会跟在他身边小步快跑那样，因为有他这个狼兄弟而自豪、开心。

狼一直窝在蕨丛里。当他凭气味，确定他们真的已经走远，他才快速冲进"洞穴"里拼命吸嗅，用那曾是他亲爱的，如今却让他痛苦的气味折磨自己。

突然间，他听到鼓翅的声音，跟着是粗粗的"格格格！"就在他走出"洞穴"时，一颗松果正好打中他的鼻子，乌鸦回来了，它们栖在树枝上，**嘲笑着他！**

狼跳向它们，它们赶紧飞向天空，接着突然俯冲下来，飞在他无法够着的地方，戏弄他！

他等它们再次飞过来——他一个跃起——啪地打下一根尾羽，扯得四散纷飞。乌鸦狂怒地嘎嘎大叫，直直窜进高空。愤怒的翅膀拍出一阵狂风，它们往下一飞，急速下降，拼命地啄。狼一跳再跳，扭曲着身子，凶猛地攻击。终于，他逼得它们不得不躲到树上，嘎嘎乱叫，用树枝丢他。**这是我们的洞穴！走开！**

狼用尽力气吼了一声，全身震颤不已。它们不敢再攻击。

狼生气地全身毛皮直竖，咬下一根柳枝，狠狠将它咬得七零八落。接着他转身快跑，跑进森林。因为激动，他的四只脚痒得不得了，因为愤怒，他的毛皮有如针刺般地剧痛。

就这样！一切就这样结束！

永远都别离开我。"无尾高个子"曾说过这句话，然后他拿火把我赶走，然后他有了新的伙伴——乌鸦陪他。

好吧！就随他去吧！狼自己也已有了别的狼群。

第
二
十
三
节

托瑞克一回到帐篷，立刻察觉事情不太对劲。

乌鸦栖息在松树上，羽翅蓬乱，一脸委屈。较大的那只，尾巴上还少了根羽毛。

"发生了什么事？"他问，但它们害怕得怎么也不肯下来。

他走进帐篷，发现他的松针床上，到处可见像是用拳头捶出的奇怪凹洞。他感觉得出这其中似乎意味着什么，可是又什么都看不出来。他的心念才在一点一滴地愈合，追踪力也逐渐地在恢复；偏偏这几天来，发烧、咳嗽紧缠着他，对事情进展毫无帮助。

出了帐篷，他发现一根残剩的树枝，被咬得七零八落；一小片被嚼得烂烂的乌鸦羽毛；一枚脚掌印。

他皱了皱眉，蹲下身仔细检视。

太阳落入林中，湖水渐渐变成深暗的狼灰色。狼灰……

缓缓地，托瑞克站起身。"狼！"他放声喊了出来。

这些日子以来，他头一次，清清楚楚地明白了一切。他知道狼在他们分开之后，一如过去那样地守护着他，知道狼后来发现了乌鸦。他知道狼跳向它们，扯下一根羽毛，发泄他的愤怒，痛苦地啃咬树枝。

真相重重打入托瑞克的心里。原来不是狼遗弃了他，而是他遗弃了狼。狼，他忠诚的狼兄弟，一路跟随在他身边猎食，保护他远离危难，而他是怎么回报他的？他用烧热的木头赶走他，他让乌鸦取代了他！

罪恶感沉重得让他难以承受。"我一定要找到他！"托瑞克大声地喊着，"我一定要弥补这一切。"

打从他疯了之后，他就不曾进入森林。森林里有一种令人不安的黑暗与寂寥，他不知道森林会不会跟狼一样生他的气，气他遗弃了它。

不过森林的寿命比人类长，怒气比人类缓。森林是欢迎他回去的。它给他多汁的草莓，解他喉咙的痛，而且当恼人的蚊子出现时，它给他耆草按摩他的皮肤。需要火种时，它给他马蹄菇，最棒的是，它让他看到狼的踪迹：一根毛发黏在刺藤上，圆木段上剥落的青苔，一路被拖着走。

拖痕一路往山上去，行经他之前发现的那个小湖，此刻湖上金色的水莲正在夕阳下熠熠生辉。

狼群的这个藏身之处选得很好：位于小湖西边的山坡上，有松林为它们掩护。狼穴是在一块和托瑞克差不多高的红色巨岩底部，狼穴附近的平地被许多双脚踩踏得十分硬实，而且到处可见细碎的骨头片。

但却不见狼群，也不见幼狼，虽然他看到好些小小的脚掌印。于是他知道他错了，幼狼应该正在洞穴里睡觉，狼群则外出狩猎去了，不到太阳下山，它们是不会回来的。他可有得等了。

当他吸嗅着狼那丰盈且甜美的气味时，他内心的渴望与自责令他崩溃。在他尚在襁褓时，狼群救过他一命，没想到这些日子以来，他居然怕得把它们当成恐怖的恶兽。

出乎意外，一只身形魁梧的大狼突然从巨岩后面冒出来，它嗥叫着，口鼻皱了起来，高昂着头向他靠近。

托瑞克吓得几乎不敢呼吸，侧着身子往后退去。狼群会留下伙伴守护幼狼，他早该想到的。

守护狼朝着他前进。

托瑞克移开目光，痛苦地低鸣了一声。**很抱歉！别攻击我！**

守护狼咆哮了一声。**走开！**

慢慢地，托瑞克退到水莲湖的对岸，看到狼会怕！他离完全复原，还有好一段距离。

短暂的夏夜降临了，他依然等待着。蛙群在芦苇间尖声歌唱，一只水獭浮出水面盯着他看，跟着一个翻身潜入水中，震得水莲的浮叶

轻轻摇了起来。

他打起了瞌睡。

做着梦的他不时听到奇怪的哭号，吓得惊醒过来。他觉得很热，头脑昏沉，喉咙痛得连吞口水都难受。

这一夜静得出奇。

太静了吧！

他觉得有点不安，决定去狼穴探看。虽说太阳还没下山，狼群还不太可能回来。

一如之前那样，它们的藏身之处感觉起来像是没有动物出没，不过托瑞克没忘记那只守护狼，他小心翼翼地往前走去。微暗中，他隐约看到一棵桦树，一侧的树皮被刮得乱七八糟，看那高度，比狼獾还高，可又比熊低。

他觉得肩胛骨刺刺的，他知道那种感觉，住在森林里的人都会这样，被盯着看时就会有这种感觉。

他抽出刀，带着沉重的呼吸，尽可能安静地前进。

巨岩底部躺了什么东西。

是那只守护狼。它的侧腹破开，喉咙被咬得稀烂。它拼了命地战斗，救了那些幼狼。

托瑞克跪下来，把手伸到它的白爪上面。"平静地离开吧！愿你找到第一棵树，从此在它的庇护下狩猎。"

他在尸身倒卧的附近，追踪到脚印：比狼的脚印来得圆，周边粘满毛皮，以致看不清轮廓。

山猫。

托瑞克起身，向四周张望。

什么也看不到，八成是他吓跑它了。

不过山猫会去攻击成年狼，这相当奇怪。它们大多数时候都是抓野兔和松鼠，情况许可的话，也会抓幼狼。这只山猫一定是盯上了幼狼，结果这只守护狼突然跳出来挡它。

洞穴里传出一声哀鸣，他于是知道这只狼已尽到了它的责任。他把刀插回刀鞘，爬了进去。

地道不大，刚好容得下他，当他一闻到狼浓烈的土味，仿佛就又回到小婴儿时候，爸爸安置他的那个洞穴。他的狼兄弟咪咪叫地爬到他身上，母狼也用鼻子轻轻推他叫他吸奶。它的气息温暖了他的身体，他舒服地窝在它毛绒绒的侧腹，它的奶水是那么丰盈且温暖。

他穿过地道，来到他生长的地方。当他的眼睛慢慢适应黑暗之后，他看到那里大约和乌鸦族的帐篷一般大，但是高度只容许一只狼站立。他看见闪闪发亮的眼睛，缩成一团团的毛皮害怕地躲着他。

他发出几声哀鸣，安抚这几只幼狼，可是它们全吓坏了，他是个陌生人，而且它们才刚失去了叔叔。

他退往洞口，爬了出来，看到一袭巨大的黑影从被杀害的狼旁边闪过。

"滚开！"他大吼一声，挥动双臂。他吼到最后咳了起来，害他加倍显得没有气力。

山猫跳到树上，摇了摇尾巴。

托瑞克抽出刀，来到巨岩底部躺着狼尸的地方站好。他一定要护住幼狼，至少撑到狼群回来。

不过奇怪的是，他的出现竟没把山猫吓退。山猫向来不太攻击人类，它们猎食的对象大都锁定年幼和病弱的生物。

他又是一阵咳，咳完之后，满身大汗，他的呼吸听起来像是枯叶脆裂的声音。

于是他明白了。山猫知道他在生病，它从他的声音听得出来，还有他皮肤发出的气味。

他就跟这些幼狼一样，只是个猎物而已。

第二十四节

山猫无声无息地跳下树枝，开始到处走动。

托瑞克想用狼嗥呼叫狼，却只勉强发出嘎嘎声。

今晚天气温热，守护狼尸体的尸臭，让他发不出清朗的声音。狼尸近在咫尺，他伸手一摸就摸得到。

离得太近了，他应该把它拖到远一点的地方，这样山猫才会安静地吃它的食物。就把死去的给它，让活着的保住一条命。

问题是在他这么做的时候，山猫可能会伺机去抓幼狼。他脑中浮现出这些小狼的鬼魂四处乱窜，嗅着自己尸体的景象，更加用力地抓紧了手上的刀。

有声音在他身后，他转身一看，只看到那块巨岩。可山猫是攀爬高手，它们可以自上方直接扑到猎物身上。

如果他带着斧头就好了。他怎么会把斧头留在帐篷里呢？跑出来却没带食物、斧头、火种……

没有火种。

火应该吓得退它。本来有机会摘几朵那种马蹄菇的，他居然没这么做。以前的托瑞克——发疯之前的那个他——是不可能犯下这种错误的。

又一阵无法克制的剧烈咳嗽。才咳完，肋骨就酸痛起来，眼前漂浮着无数黑点。

山猫蹲伏在暗影中，那距离他无法够到。他看到它空茫的银色眼睛，闻到它令人厌恶的猫骚味。

接下来的景象，更急得他五脏六腑天翻地覆。就在洞口，在山猫正后方，两个粗硬的鼻子从洞里探了出来。

托瑞克发出一声警告的狼嗥。**嗷呜！危险！**

口鼻移往旁边，缩了回去。

山猫注意到他的举动，转过头去。

"这边！这边！"托瑞克大声喊叫，想引开它。他乱吼乱叫，不停地扔石头，侧着身子慢慢离开洞口。

山猫露出牙齿，不屑地对他嘘了一声，但它突然一个转身，对着一道从天上笔直降落的黑色闪光咆哮。瑞呱呱呱地发出巨响，飞到山猫够不着的地方，就在这时，蕊俯冲下来攻击。两只鸟不断围攻这只入侵的山猫，盘旋飞行、俯冲啄刺。山猫跳起来想抓它们，它们立刻躲到松树上，呱呱呱地叫个不停。

山猫摇了摇尾巴，悄悄溜回狼尸那里。

托瑞克双脚挺直地站在那里，发烧的身体抖个不停。胸口上的伤疤又裂开了，一股热流自他胸间汩汩渗出。

他没再看到幼狼出来，可是他知道，再过不久，它们就会循着味道再跑出来。

到那时候，山猫就会朝它们直扑过去。

丰丰

狼大步跑过森林，他认得那些呱声！那两只乌鸦跑来狼穴干什么？

风转向了，带来了山猫、狼尸和"无尾高个子"的气味。他加快脚步，狼群也跟着快跑。

雌狼跑得最快，先它们一步到达洞穴。他看到带头雌狼扑向山猫，把它赶进了森林，然后"深色"和其他狼追了上去。

飞奔中的狼突然一个停步。他看到"白爪"没有呼吸地躺在洞穴旁边；他看到"无尾高个子"的前掌牢牢握着它的大爪，他马上明白发生了什么事。愤怒、喜悦、悲伤交相冲击着他。

乌鸦在树上呱呱呱地叫了起来，但是狼没理会它们。他在狼穴边缘，看到一只狼模糊的身形。它看了他一眼，要他放心，然后"白爪"仅剩的部分——行走中的呼吸——停留了一会儿之后，见到幼狼都还安在，便心满意足地快跑进了森林。

"黑耳"、"巡行"，以及带头狼，都竖直颈毛盯着"无尾高个子"看。

　　狼全身发抖，一心就想走到他身边，可是"无尾高个子"是否是狼群的朋友，那得由带头狼来决定。

　　带头狼先是走到"白爪"留下的肉体那儿，然后才全身绷紧地走向"无尾高个子"。

　　"无尾高个子"安静地站在那儿，把目光移到一旁，照着陌生人该做的那样。

　　狼不安地看着身子摇晃的他。

　　带头狼仍然颈毛直竖，往"无尾高个子"的身上吸嗅。

　　幼狼出现在洞口，低声哀鸣，但它们没离开洞穴，只等着看接下来会发生什么事情。

　　带头狼放松了颈毛，并且用侧腹磨了磨托瑞克的脚，然后便跑去幼狼那里问候它们。

　　"巡行"和"黑耳"跳到"无尾高个子"旁边，做了同样的动作，然后他便一骨碌坐倒在地——并没去理那两只乌鸦。狼很高兴地注意到这点。

　　狼兄弟。"无尾高个子"说。

　　狼低鸣了一声，朝着他快步跑去。

第二十五节

托瑞克和狼群在一起感觉很安全，两个月来，他头一次好好睡了个觉。

他在下午的时候醒来，蜷缩在狼穴边。胸前的伤口很痛，不过他已不再怎么咳嗽，而且觉得舒服多了。

带头狼发出狼嗥，其他狼也跟着一起。托瑞克闭起眼睛，狼群的歌声在他内心翻涌。他听到它们为死去的狼感到悲伤，为幼狼感到高兴，它们十分感激这位救了幼狼的朋友，他整个人沉浸在与狼重聚的喜悦里。

狼知道托瑞克已醒，便跳到他身边，彼此嬉闹，就像以前那样互舔口鼻，仿佛所有的痛苦难堪从来都没发生过。

我很抱歉，托瑞克用狼语说——不过这只是他一小部分的感受。

我知道，狼说。

过去的都过去了。

狼嗥停止，一只年轻的雌狼——很漂亮、有着绿琥珀眼睛的黑狼，咬着一个腐烂的鱼头小跑步来找托瑞克，把鱼头放在他面前送给他。他向它道谢后，彼此碰了碰鼻子，然后它就和狼一起跑开去找幼狼玩。

他确定狼完全投入在抓尾巴的游戏中后，才把鱼头插在桦树的树杈间送给瑞和蕊。他一直小心地尽量不在他的狼兄弟面前对它们太好，它们于是跑到松树上生着闷气。食物一来就不同了，它们很快就又为着这个好东西吵了起来。

这天下午很热，那具狼尸不断发出恶臭，托瑞克于是把尸体拖进森林里。就让乌鸦安心地啄食吧！就算山猫跑来想吃它的猎获，也给它吃吧！

接着他动身去找自己的食物。他折了根榛树的幼枝，生了一些火，然后把枝头烧硬，走去水莲湖那儿试试运气。

没过多久，他就叉到一条狗鱼。一大群狼好奇地围着他看，他把鱼烤熟后，留下鱼尾巴绑在芦苇上当做奉献，剩下的全部吃光。然后他又吃了好些嘎吱嘎吱响个不停的水田芥和几颗早熟的云莓，云莓像蜜似地充满他的舌间。

这么多天来，他第一次吃到饱。他坐在杨树下修补衣服，这很容易，不需要针和线。他直接割断膝盖上的绑腿，至于破烂不堪的背心，他索性不要了。他袒露着胸，用背心的碎布做了一条新头带。

做完之后，他往后一靠，没再做任何事。

有只绿头鸭侧着身子浮在湖面上，正在整理肚腹的羽毛；一对短颈野鸭由上往下翻转着身子忙着吃食；一只水獭在教它的孩子们游泳，它们拼命划水，一身蓬松的绒毛想沉都难。

乌鸦把浅滩喷溅得到处都是水花，幼狼在玩找云莓的游戏。和湖水相连的一条水沟里，狼和三只年轻成年狼笨拙地在水里赶鱼。

托瑞克为这单纯的幸福感动不已。狼、乌鸦、水獭、树林、岩石、湖水，他与它们都和好了。一时之间，他觉得自己的世界灵魂向外伸展，碰触到世界每一种生灵的世界灵魂，像是一条条金色丝线在空中飞舞。狼以他的琥珀色眼睛找到了他的眼，托瑞克知道他一定也感觉到了这点，所有事情是如此完美，**恰到好处**。

湖对岸，芦苇各自分开，像是在欢迎某个隐形的东西。带头狼转头盯着什么看，托瑞克很好奇它看到了什么。

狼群的领袖是一只胸口带有一抹白色石板灰的大型狼。托瑞克很欣赏它确立领导地位的方式：果断，但绝不狂妄，绝不以大欺小贬低自己的身份，而且总是小心守护着它的狼群。就跟芬·肯丁一样，托瑞克心想，因渴望而痛苦。

年轻的狼在浅滩那里嬉笑玩闹。狼跳到托瑞克面前，压低两只前掌，尾巴摇个不停。**来玩吧！**

托瑞克卸下他的刀、腰带和绑腿，跳了进去。

在一下午的炎热之后，水变得清爽冰凉。他在一道道阳光和波浪般的绿色水草之间穿梭。金色的欧鲤忽隐忽现，另外还有深蓝色的丁鱥。水莲叶底下，一枚气泡挂在那里活像颗珍珠似的，他啪的一声用

手指戳破它。

狼的脚掌飞快地从旁边闪过，托瑞克一把抓住他的尾巴。狼惊声大叫，托瑞克突然潜入水里，溅起的小水花闪闪发光，跟着他们便缠斗起来。狼边玩边嗥，托瑞克笑得连连大叫。

他开心极了，他可以永远像这样生活了。

狼一个飞身回旋，溅了"无尾高个子"一身。他的狼兄弟溜到水的下方，突然间又吱吱呀呀地笑着冒了出来。

这引得带头雌狼嗥叫起来，狼也加入一起嗥叫。"无尾高个子"的"坏"已经被赶走了，乌鸦也很清楚它们的位置，而它们，狼，从此就可以跟"无尾高个子"还有狼群在一起了！

狼嗥声结束。"无尾高个子"蹚着水走出来，用力把身体甩干。狼快步跑上高地，捕捉气味。

他闻到很多好味道，可是令他难过的是，他也闻到不一样的气味。那味道漂浮在湖上面，比以前更近，它愈来愈清晰了。

乌鸦也闻到了这种味道，接着就飞上天空。

狼看着它们离开，但是决定不跟上去。如果有什么不好的事，它们一定会通知狼群的，这本来就是乌鸦存在的目的。

看着瑞和蕊往东飞，托瑞克想起自己还有事情要去做；他得搭一座帐篷，布几个陷阱。

他都还没动身，狼就已经知道了他等会儿要进森林。他摇了摇尾巴，表示明白，他跳着离开，跑去找幼狼玩。

托瑞克穿回他的绑腿，开始沿着小溪，寻找海狸较常出没的地点。他听到有个尾巴啪的一声打了一下。**注意！入侵者！**不过它们倒不是真的害怕，因为它们都知道，他只是想捡一些它们用不上的木柴。

他选了三棵它们已经咬穿，却咬到一半卡住以致没能移走的小树。他回到狼穴，搭了一座单坡棚屋，在两边塞了些树枝和蕨丛。接着他穿过森林，来到那片黑沙滩，拆掉他之前的帐篷，擦去所有跟自己有关的痕迹。

胸前的伤口又痛又热，他于是嚼了些柳树的韧皮纤维，敷在上面，再用背心上的鹿皮包扎固定。做完这些事之后，他累得不停颤抖。他做了太多的事，他肯定比自己所想的还更虚弱。他蜷曲在森林边缘，睡着了。

他梦到了芮恩。他感觉得到她，却看不到她，可他又听得到她，清楚得仿佛她就站在他的后面。

"最好注意一下那个伤口，托瑞克。"她用她那种冰冷、温和的声音说，"要不然它会恶化的。"

"我已经在伤口上敷了些柳叶。"他说。

"还是会痛，对吧？还记得北岸那池疗愈之泉吗？你快去那里，在那里泡一下，现在就去。"

"你是不是也跟我一起？"他问，很想把她留在身边。

"也许吧！"她回说，然后他听到她声音里的笑意，接着她慢慢不见了。

"回来！"他大喊着，"芮恩，别走！我好想你！"

"真的吗？"她听起来很高兴的样子。"嗯！我也很想你！"

他不希望她走，他发了疯似地想留在梦里。

他无奈地轻叹，醒了过来。

云层遮住太阳，湖滩荒无人烟。托瑞克步履艰难地走入湖中，盯着水中他的名字灵魂。他看到额头上那枚放逐者的标记，看见胸口上，那枚原本是食魂者图腾的锯齿状伤口。

他之前才在岛上度过了一个开心的下午。乌鸦、海狸、水獭、狼，大家都接纳了他，可是他好想芬·肯丁，也好想芮恩。

他不知道自己是否还能再见到他们。

第二十六节

冰雹走了之后的那个早晨，芮恩怔怔地盯着这座小石岛，他们是被湖水冲到这儿来的，她不知道"世界灵"是不是会给他们离开的机会。

前一天，当她在岩石上缩成一团，她高兴地想到自己还活着。此刻，她心情沉重地向四方凝望。

树木很多，至少火和帐篷不成问题，可是她绕了这座小岛一圈，花的时间连让她剥个松鼠皮都不够。而且想也知道，他们的食物肯定就是松鼠，因为这里不可能会有更大的动物，而其他岛又离这太远，没办法游泳过去。

她看着贝尔往水边走去，打从他醒过来之后，他就一直没怎么说话。

"我们还有斧头和刀。"她说，"还有我的弓和箭袋。"

"那就好。"他说，没转过身，"我们其他东西都没了，食物、海狸皮斗篷、两支桨。"皮船的事他说不出口，那船眼下就横在他们之间。船的鲸骨架还是完好无缺，可是左侧的肋骨碎掉了，覆盖在上面的海豹皮破得乱七八糟。

"我想我们是无法把船修好了。"芮恩说。

"我们非把它修好不可。"他暴怒地截下她的话。

"这儿有树，我们可以做艘独木舟。"

他背对着她。"你知道那需要多久的时间吗？把树挖空？你以前做过独木舟吗？"

她没有。乌鸦族是用云杉根把鹿皮和柳树扎在一起做成皮划。

"我一样没做过。"贝尔放声大吼，"我是海豹族的，我们用的都是海豹母亲赐给我们的东西，所以除非你想把芦苇串起来做成筏子，要不我们就得修理我的船。"

芮恩没有反驳。他们落到这般处境，他一直都没怪她。他可以怪她的，因为这全是她的错。

最糟的是，她不知道她的巫术到底有没有用。她只知道她活到现在从没感觉这么累过。她完全不管各种警告，全心全意用自己的力量对抗那股强大的意志，结果是什么？根本是一只往岩壁上撞的麻雀。

风轻柔地从松针上面吹过，她觉得自己好像听到一波波嘲笑的声浪。不知舍丝露会怎么嘲笑她！

贝尔跪在他的皮船旁边，轻抚着船身，仿佛它是一只极需要安抚的忠实老狗。

"贝尔。"她说，"我很抱歉！"

他耸了耸肩："这都是为了救托瑞克，怎么做都值得。"

希望我真的有救到他，芮恩心想。

贝尔站起来，挺直了肩膀："对！我要开始修理了。"

她点了点头。"我来搭个帐篷，找找看有没有可以吃的东西。"

他们花了四天修缮这艘船。

贝尔必须砍下一棵桦木，做成新的肋骨。用斧头来打薄桦木根本行不通，于是他只好自己做了个扁斧。可是没有打火石，他只好找了块花岗石，再用岩块凿打，自己做了一个。肋骨终于成形后，他还得用热气来蒸，把它们弯到可以卡上船身，然后再把可能会刺穿海豹皮的粗边磨平。

为了修补海豹皮，他和芮恩想尽了办法找碎皮：他的鱼皮背心，她的鲑鱼皮火种袋，以及令她感到非常可惜的她的海豹皮弓套。那还不是很够，不过贝尔试着捕些鱼来补足，结果他捕到了非常可怕的东西，以致完全用不上。

很幸运地，他的修缮器具还在，有骨针和海豹咽喉做的线，只是缝补硬皮的速度慢到让人受不了。"不行不行，接缝的地方你得缝两次。"他唠叨地对她说，"还有，外面不能刺穿，这样会漏水。"他的技术好得多了，所以她索性交给他来做。不过他即便戴了骨制的顶针，他的手在缝完之后，还是破了皮。

在他忙着修船的时候，芮恩用莎草搓成的线捆住芦苇束，再把捆起来的芦苇束和一棵折弯的柳树绑在一起，搭了一座帐篷。她捡拾牛

185

莕、珠蚌和水莲根来吃，在这之前，她曾错挖鸢尾草来吃，结果难吃得要命。

她也把弓箭修整了一番，射了一只往岛上飞来正要着陆的白颊鸭。这给了他们非常需要的肉食，而且她还用鸭皮新做了个火种袋，用鸭羽装饰她的箭。她偷偷含了一口脂肪，替她的弓上油，不过这让她觉得很有罪恶感，因为贝尔需要为他的船上胶，即便只是一点点都好。

为了上胶，他们把松血、木炭和鸭脂，放在桦树皮桶里加热煮成膏，再拿树皮包住树枝，沾着把膏涂到船身上。芮恩很喜欢松木的味道，可是贝尔却皱起鼻子。"如果有海豹油就好了。"他低声咕哝着。

"这样应该没问题了。"他们涂完时，她说。暴风雨之后她就再没梦到托瑞克，可是她时时刻刻都没忘记。

"明天走。"贝尔说。

她的心沉了下去。"还要一天？"

"如果不等它完全干，船会沉的。"

"可是——"

"芮恩，我清楚自己在说什么，我们明早动身。"

她吐了一口长气。"都这么久了，托瑞克不知怎样了？"

"我明白。"贝尔说，"我当然明白。"

为了让心情好一点，芮恩跑去打猎。

也许是她献给湖水的奉献，也许是她看到的那两只飞在上空的乌鸦，总之她运气很不错，她又猎到一只鸭子，这次是只秋沙鸭。她照着很久以前父亲教她的方法烤这只鸭子。她把鸭子裹上泥土，埋进余火灰烬里，然后把烤硬的泥土敲开，就可以吃到多汁的鸭肉了。

吃完之后，贝尔坐在松针上，用杉叶藻茎磨着其中一支新做好的桦木桨，芮恩则把秋沙鸭的内脏放在另一支桨的桨板上，小心送进湖里奉献。今晚温暖安静，青蛙在芦苇丛中细声歌唱。

西方传来狼的嗥声。

贝尔抬起头。"又叫了。"

他们听过好几次了，可芮恩虽然觉得自己有听出狼的嗥声，但她怎么听就是听不到托瑞克的声音。她突然觉得好担心，托瑞克怎么可能没和狼在一起？

乌鸦回来了，飞得高高的，不时摇头盯着她看。她不知道它们是不是她对抗恶势力的好征兆。

"你好静哦！"贝尔说。

她转身原本想开口，跟着却一动不动。

"怎么了？"贝尔问。

"第一天早上，暴风雨走了之后的那天，你从你现在坐着的松针那儿，直直走到水边。"

"所以？"

"那没有多远，你大概只走了三步就到水边了，现在再走走。"

他满心疑惑地照着做，然后他又走了一次以便确认。他盯着她："五步。岛在沉陷，就像海獭族说的。"他的脸色一暗，"舍丝露。"

芮恩点了点头。"她的力量愈来愈强了。"

第二十七节

"嗷呜！"狼大声狂吠，警告托瑞克别再往前走，可是托瑞克现在无法回头，而狼又无法跟着他去。

托瑞克看了他一眼安抚他，然后就急急往前穿过芦苇底丛，走在一丛丛生草之间。太阳西下，不过他运气不错，应该可以在黄昏之前抵达疗愈之泉。

他无法再等到明天早上。胸前的伤口火烧一样，已经开始渗出黄色的脓。食魂者正在伸张他们的力量。

"嗷呜！"狼在森林边缘狂吠。

回去！托瑞克用狼语说。他从芦苇丛中望过去，看到狼不停地绕着圈圈，低声嗥叫。

岩壁跟他记忆中完全一样：陡峭，却有种莫名的吸引力，壁上的瀑布让羊齿看起来若隐若现。没想到爬上去竟然那么容易，有踏脚石和灌木丛给他方便，不过才一会儿，他就被水汽弄得全身湿透。

"嗷呜！"

托瑞克往下看了一眼，发现狼跟了上来，心里十分痛苦，可是这道岩壁对他而言太高了。他往上一跳——脚爪攀住花岗岩——然后就哀鸣一声，掉了下来。即便蕊和瑞栖息在岩架上笑他，还是没用。

回去！托瑞克对他说。**天亮的时候我会在洞穴！**他很气自己无法清楚解释他很快就会回去，可是在狼的语言里没有未来。

他又看了一次，狼走掉了。

虽然很累，托瑞克还是一直往上爬。一路上，他看到岩石上刻着他从前曾看过的生物。他因为靠得太近，反而无法看清全部，只能看到某些部位：一个斜斜的麋鹿鼻子，一条分岔的蛇舌。不过他闻到那儿有股潮湿的土味，知道自己绝不可伸手去碰。

终于，他把自己送上了山顶。

结果那根本不是山顶，而是个处处是石头的坑洞，部分山壁在这里剥落消失。

在他面前有一池发着绿光的水，那水波就好像阳光从一片榉树叶中射过似的。水池四周的绿土里，深紫色的兰花和黑色的岩高兰摇曳生姿；那些绿土与他在水獭族人脸上看到的土是一样的。至于岩壁上：凿刻的守护者挤满四面八方的大圆石，石刻的麋鹿昂着长了鹿角的头，水鸟飞过天空，又或朝着永远在它抓不着的地方游水的狗鱼俯冲而下。

托瑞克看不到泉水在哪里，可是他听到了泉水的回声，感觉到它的力量。它散发的感觉既非善也非恶，在善恶尚未出现之前的远古它就存在了。

他很清楚自己对特有的仪式一无所知，而且他还强烈地感觉到隐形人正在看他。他对着水池弯身敬礼，献上他带来的东西：一支包在牛蒡叶里的木松鸡翅膀。他把献礼埋在石头底下，以免瑞和蕊回来看到它们。

然后他跪下来，用双手盛水，浸洗他的胸口，请求泉水治疗他。水很冰凉，他很乐意让水以它的洁净与尖利啃咬他发烫的肉体。

他犹豫着，喝了一口。水的味道感觉很像打火石，古怪地开着灰色花朵的岩高兰也是这种味道。

他本想拿些绿土抹在胸口，不过还是觉得不要冒险比较好。他只在水獭族人脸上和芦苇丛里的树桩上看过那种土，它属于这个湖，而他属于森林，这样感觉怪怪的。

瑞发出响亮的"呱呱呱"，落在他身旁！他吓了一跳。"呱呱呱！"蕊粗哑地叫着，砰的一声降落在瑞身旁，惊慌地抖落好些羽毛。夕阳余晖中，它们翅膀上的水花红红亮亮的，像极了一滴滴鲜血。

"怎么了？"托瑞克问，"你们要不要吃些莓果？"

出乎他的意料，它们居然不吃，而且还生气地猛啄岩高兰的花丛，弄得树枝散落一地。托瑞克"嘘"、"嘘"地把它们赶走，以免它们大搞破坏。

山下，有头麋鹿叫得很大声，狼群也开始了夜间的呼嗥。

托瑞克打了个呵欠，胸口奇迹般地没了感觉，全身感到一种难以抗拒的倦怠。他蜷伏在羊齿丛中，闭上眼睛。

月亮和星星在他上方旋转，后面拖着银色火光，划过墨蓝色的天空。他觉得头好晕，好累，真的好累。

他听到余火的嘶声和哔剥声，泉水汩汩唱着永无休止的歌，跟着又有另一个声音加入，喃喃说着他听不懂的话语，那听起来很像芮恩的声音。

是芮恩。

她背对着他坐着，在处理余火。他在微光中，隐约看到她苍白的手臂和蓬松的长发。

为了确定这并不是他的幻觉，他伸出笨拙的手，握住她的手腕。

她的骨架很小、很轻，没错，不是幻觉。

"我就知道你会找到我的。"他说，那根本不足以表达他的感受。

她的皮肤热热的，很光滑，他不想放开。

很光滑。

没有那枚之字形的图腾。

"我也知道我会找到你的。"蛇族巫师舍丝露说。

第二十八节

"从我们上次见面到现在，你长大好多啊！"蛇族巫师带着她那闪烁的笑容嘲弄地说。

她的头发宛如一件黑色的斗篷，蛇族图腾仿佛在她又高又白的额上规律跳动，但她美丽的双唇却是黑的。

托瑞克想动却动不了，他并没有被绑住，但他的手脚就是不听使唤。他说："岩高兰，你给它们下了毒。"

她的眼睛闪了一闪。"可是我不会伤害你的。"

"我凭什么要相信你？"

"因为我要伤害你根本不必等到现在，我大可把你的心脏切来吃了，就连你的狼都到不了这里。"她向后一倾，在他耳边小声地说，"可是我就是要你活着！"

他的心狂跳不已，怦怦的声音搞不好连她都听见了。"为什么？"他问。

但是她只一笑，伸出黑色的小尖舌舔了舔嘴唇。

她转身处理余火，身上那件松软的鹿皮衣像水一样地松落下来。衣边缀有蛇皮，蛇皮轻抚着她裸露的手臂和小腿，稍微一动，蛇皮就闪闪发光。托瑞克无法将目光从她身上移开，恐惧和厌恶灼烧出他的愤怒，这个女人是恶魔，她还曾经协助别人杀害他父亲，但是他居然无法不看她。

他看着她把手伸到一只竹篮盖上，引得篮子里不知名的生物窸窣地叫。他看着她编织一个花环，套在她的额间，然后她在手臂上涂画出弯曲的长条：好几条绿蛇在她苍白的肌肤上活生生地蠕动。他既着迷又觉反感地看着，而她，则露出理解的笑容，享受着力量的快感。

她用一根分叉的树枝，把一块烧过的石头丢进生皮做的小锅，阵阵白烟嘶嘶作响。

"那是什么？"他问。

她噘起嘴唇。"热水。我以前是治疗师，记得吗？"

她撕下一块鹿皮，敷在他的胸口，抹上冰凉的膏药后弄平。伤口

194

感觉不错，痛感消失了。

"它不会再流脓了。"她跟他说，"我不需要靠它把你牵引到我这儿了，不过我若是想召唤你，我也还是一样办得到。"

我召唤你。他在睡梦中听到的那个声音根本不是芮恩，而是舍丝露。

"你到底想干嘛？"他咬牙切齿地问。

她站起身，走到山边，往下凝望。"所有这些微不足道的生灵。"她喃喃自语地说，"狼、吓坏了的小小水獭族，他们现在全都属于我了，他们必须听我号令，否则我就让这个湖变成一个空湖。"

托瑞克想起那片黑沙滩上的松针，湖水一直在减少。他明明很激动，可是却只能勉强让头动一下。

蛇族巫师摸了摸她手上的绿土。"这个——这个是很有力量的！只要我一把绿土面具戴上，所有我见过的人就只看得见一名戴着绿土面具的女人：生病、害怕，跟他们一样，就连你那只狼也认不出我的气味。"

仿佛是因她说起了狼，一声狼嗥在山下响起来。**下来！**

舍丝露微微一笑。"现在他认出我来了！我把面具卸下来了，他知道打败他的是谁了。"

托瑞克看到她套着的那个花环是用茄属植物做的，这种植物单单一枝就可结出多朵紫花、绿果，这是草本植物中力量最强的，每个部位都有致命的毒，就跟蛇族巫师这个人一样。她也很强大，一时间，他不再抱有希望。

他听到拍翅膀的声音，瑞和蕊栖息在她身后一块大圆石上。

"啊！不过你很强！"舍丝露丝毫不以为意地说。她跪在他身旁，解下他的头带，轻柔地吹开他前额的发丝。"让心灵行走到冰熊的身体里！"她轻轻抚摸他的太阳穴。"还很有勇气，敢切除掉食魂者的标记。是谁教你这套仪式的？那肯定是个力量强大的巫师。"

她不断奉承他，她不会成功的。不过——她的抚触实在很轻柔，

他努力撑住，让自己聚精会神。

"是你，偷了红鹿角的人是你。"他说，"你趁我完成仪式的时候，在汁液里下毒，是你让我的心灵行走到麋鹿的身体里。"

她露出美丽、令人狂怒的笑容。"真的很强！还击退了灵魂的病灶！"

他的思绪愈来愈模糊，她的手指探进他心里。"极——极北。"他结结巴巴地说，"你是怎么逃脱的？橡树族巫师在哪里？还有鹰族巫师呢？"

她笑了。"啊！我们还真是相像，你和我！两个都是放逐者，两个都有不可思议的力量，那也正是各氏族之所以要猎捕我们的原因。弱小的人总是害怕强大的人。"

瑞和蕊飞走了，托瑞克浑然不觉。

"真是太像了。"舍丝露放低声音说，"为什么要抗拒？为什么不干脆接受呢？"

"不！"他奋力地说，"我们一点都不像。你杀人，你破坏了氏族法律。"

"可是那算什么？"她反驳地说，"氏族法律，只有食魂者懂得什么是'世界灵'的法律，正因为如此，它才会把心灵行者送到我这里来呀！"她停了一下，"不过我怎么没立刻就发现你的身份？你是怎么瞒过我的？答案一定在某个地方。"她灵巧地伸出手，探触他的物品。

她断续摸啊碰的，托瑞克厌恶地看着她碰触他的物品。

"你父亲的刀子。"她不悦地说，"背叛者的刀子。石板、鹿角、腱条，什么也没有。那，就该是斧头了。不是你的吧！我想！"她拉起他的手，靠在斧头前端比对。她真聪明！如果斧头是做给他用的，斧头前端的长度就是他掌根到中指尖的距离。显然长了一点儿。

"斧柄上有乌鸦族的标记。"她若有所思地说，"可是斧头前端用的却是绿石……听说芬·肯丁曾有一阵子和那些吃青蛙的家伙住在一起。”

　　她从他脸上看出真相。“所以这是他的！你偷了芬·肯丁的斧头！你破坏了氏族法律！”

　　接下来，她拿起他的药袋，拿出里面的药罐，抿了抿嘴唇。“你母亲的。”她放下药罐，“没有，答案一定在其他地方。”

　　托瑞克打了个冷战，松了一口气，他记得药袋里放了一束芮恩的头发，舍丝露没发现。她并非万能，她也是会犯错的。

　　舍丝露察觉到他的改变，表情骤然变得比风凿的冰还更冷。“别以为你瞒得过我。”

　　托瑞克与她四目交接，目光定住不动。

　　她就像条发动攻势的蛇一般，迅速把脸凑到他旁边。“你少惹我！尤其是在我握有这个的时候！”她手指间握着一个小小的东西，上面盘着一条绿土做的大蛇。

　　托瑞克的肚子一阵绞痛，那是他做给芮恩的小圆石。

　　“你可知道这东西给了我怎样的力量？”她轻轻地说，“就凭这个，我让你的灵魂生病！你再也没有自己的意志，你整个人都是我的！”

　　她将抓着石头的拳头紧紧一收，托瑞克的心立刻被紧紧夹住。

　　她松开拳头，他再次恢复呼吸。

　　她笑了，托瑞克在她的气息里，嗅到腐臭的气味，那是某种让她嘴巴变黑的植物的根。他以前怎么会觉得她美丽呢？她的心灵空虚如洞，她的心去什么地方了，那个地方就只见得到一片黑影，如同死尸倒卧过后，留下的黑色污斑。

　　这时，她丢开竹篮的盖子，一条毒蛇沿着篮边爬了出来。悄悄地，它悄悄地溜进她的怀抱，它的之字形花纹在银色蛇身上一览无遗，它没有眼皮的眼睛全神贯注地盯着它的女主人看。

　　舍丝露将它拎起，它把自己绕在她的手上，它的黑舌轻快地吐出，与她的黑舌碰在一块。“定住别动！”她对托瑞克说，“被它们

197

咬到的话，比起你在森林里见过的被其他任何动物咬到还更可怕，被它们一咬，命可就没了……"

第二条蛇，黑得有如不见月的夜，从竹篮里猛然爬出，舍丝露把小石子拿到它面前，它伸出分叉的舌头舔了舔石子，托瑞克吓呆了，他感觉到舌头在舔他的肌肤。

"这不就是你要的，心灵行者。"蛇族巫师放低声音说，"是你自己走进我的力量，是你把石头放在那儿让我拿的。"

"不！"他暗暗地说。

她的眼睛看穿他的灵魂。"现在，说说为什么要做这个石头？"

"一个——一个礼物。"他吞吞吐吐地说。

"送谁的？"

"一个女孩。"

"那为什么又拿回来？"

"让她知道我走了。"他极力想把芮恩的影像从脑中挥开，可是蛇族巫师先他一步。

"她的名字是芮恩。"她说，"她是什么人？"

他用了最大的力量，从她的注视中将目光抽开，但目光却反而盯上那把绿石斧头。

舍丝露迅速看了一眼。"芬·肯丁，她是芬·肯丁的孩子。"

"是他哥哥的。"

四周突然一片死寂，蛇族巫师背转过身坐下，盯着湖水看，她怀里的两条蛇滑溜溜地交缠在一起。

"他哥哥的孩子。"她声调平直地说，"当然，他肯定会好好照料他哥哥的孩子。"

听她说起芮恩，托瑞克觉得很不舒服。

不过芮恩在很远的地方，他告诉自己，芮恩很安全。

"不。"舍丝露回过身说，"她就在这个湖区。我看到她和一个男孩坐在船上，一个黄头发的高大男孩，不过他们现在帮不了你。"

她说的是真的吗？芮恩和贝尔真的在找他？还是她又在骗他？

"你为什么要我活着？你到底想干什么？"他问。

"你知道我想干什么。"

"我的力量，你想要成为心灵行者。"

"那种力量我已经有了。只要我想，我随时可以让你心灵行走。我想要的并不只这样，我想要的是火焰蛋白石。"

经由她口中说出这个东西……他想象中的火焰蛋白石，竟透过她的声音注入生命，他看到火焰蛋白石不断搏动的鲜红心脏。

"它——它不是掉在冰地里不见了？"他说。

"少骗我。"舍丝露说，"我是巫师，你难道不相信我有感知的能力？当时你父亲把它毁掉之后，明明还有三块留了下来——三块！一块在海豹族巫师手中，一块落入黑冰里，还有一块，你父亲在死前一定跟你说过。"

"没有。"

"是他藏起来的。他把它藏起来，然后就在他奄奄一息的时候，他把藏东西的地方告诉了你。"

"没有。"

"就在他濒临死亡痛苦万分，在他生命一点一滴流逝，在他的内脏被恶鬼附身的熊撕开破裂之际。"

"不！"他尖声大叫。

她使力扯开额上的茄属花环，一把丢进火里。蓝烟笼罩在她四周，辛辣刺鼻，令人头晕目眩。

托瑞克无力地看着她打开她胸前的一个小袋，把手指伸进袋里。他不想顺从，但是她揪住他的下巴，往他的嘴唇涂上臭臭的黑色烂泥。她一手抓着黑蛇，一手抓着另一条银蛇，把蛇凑到她嘴边，喃喃念起咒语，然后她把两条蛇放在他的胸口。

他不敢呼吸。他感觉到它们冰冷柔软的身体在他身上滑行；感觉到它们的鳞片刮擦他的皮肉时，那微小的收缩；感觉到它们的舌头在

舔他的肌肤。舍丝露冷冷地观看着他的恐惧，如同一条巨蛇看着它的猎物。

"你的身体没办法动，可是你的灵魂可以。你的灵魂会照着我的命令，前往我指示的地方，你的灵魂会依着我的意念，做我指示的事情。"

黑色烂泥弄得他嘴巴很苦。在他眼睛后方有亮光不断闪动，一圈圈病态恶心的光。

他看见蛇族巫师浓黑的头发，像蛇一样地围着她白皙的脸庞漂浮摇晃，托瑞克感觉到他的灵魂和骨髓被撕裂分开，他放声尖叫起来……他黑色的舌头尝到空气。

他最后只听到蛇族巫师的声音，命令他前去寻找芮恩，接着他就变成了蛇。

第
二
十
九
节

想都不想的，蛇一溜烟滑下岩壁。

它嗅到蟋蟀和羊齿的气味，感觉到蚂蚁和尖鼠匆忙地奔跑。空气、树叶、水、猎物、光，它完全视而不见，它的女主人派它前去追踪更加丰美的猎物。

岩石散发着落日余晖留下的热度，蛇溜了过去，忍受那股热。它无声无息地，从岩石滑下；水将它包围，它忍受那湖水的冷。

蛇感觉得到这些改变，但是也仅止于感觉。没有快乐或不安，没有渴望或恐惧。它之所以认知这些感觉，是因为它曾在挣扎的猎物身上品尝过，还有那震动大地，满山满谷的热血动物，也给了它体验的机会。但是像这一类的感觉，并非蛇本身所有。

这使得蛇的灵魂非常强大：单纯地想往，不受情绪困扰。托瑞克很难相信，这么强劲的力量居然会存在于这么纤细的躯体里。他自己的灵魂因为中毒变得很弱，他根本无法改变蛇的意向，他只能缩在它小小、冰冷的脑袋里发抖，任它迅速穿过湖水，像一支箭似地带着致命的力量。

它感觉到水草的冷凉，感觉水滑过它盘绕的蛇身。它没眼皮的眼睛认得出鱼的游动，接着它从水里出来，再次进入温热的感觉，舌头浓浓地感觉到松树的气味。沙粒很粗糙，它带着鳞片刮擦过去，它昂起蛇头，品嗅着乌鸦的气味。

这只急躁的鸟突然飞冲下来，巨大的喊声在气流中变得渺小，然后在它砰的一声落地时，声音又恢复尖锐的响亮。蛇窜进洞里，准备攻击。

他感觉到这只乌鸦不断朝着洞口跳来，它闻到托瑞克的气味，可是它却想不透。它沮丧地啄着蛇藏身的树根，飞走时，地面震动不已。

待威胁一离开，蛇立刻冒出来。它爬上长满苔藓的圆木顶，溜进比树还高大的蕨丛里。终于，它捕捉到正在睡觉的雄性气味，以及旁边那香甜得多的雌性气味。

托瑞克的灵魂奋力地挣脱束缚，奋力地想改变蛇的意向，可是它一路往前滑行，毫不懈怠。就在它滑入叶子底下，爬在石面上时，它感觉到一波波热浪从睡着的肉体传来。

咬吧！咬吧！它女主人的声音在托瑞克的蛇意识中飘摇。

再一次，他身为托瑞克的那个部分试图改变这条家伙，可是他的体能却不听使唤。

咬吧！咬吧！

它盘卷的身子夹住一只没穿鞋的脚，爬上苍白的小腿，爬上柔软的麋鹿皮和粗粗的草编，进入随着睡眠起伏的温热乌鸦羽毛嵌条。它的蛇头骤然从手腕上那枚刺纹退开——跟他自己的很像，可是又不一样——可是在另一头，它叉开的舌头已在品嗅这具毫无反击能力的躯体。

不行！托瑞克在冰冷的蛇脑里大叫，**不行！她是芮恩！**

这条蛇把嘴撑得大大的——毒牙一览无遗地挂在嘴边，尖尖地朝着下方，每颗毒牙都充满毒液，正准备进攻……

咬吧！咬吧！

4

托瑞克醒了过来。

在他上方，乌云不停地旋转，转得他恶心想吐。渐渐地，他意识到泉水的声音，蛇族巫师一动不动地坐在他身边，她的脸苍白得像死去了一样，两条毒蛇全不见了。

"完成了？"她问。

他点点头。

她吐了口气。站起身，望着湖面。然后她转过身，托瑞克知道她并不是在看他，她是透过他，看着他给予她的力量。

"一直到现在，我才真正明白心灵行者的力量。"她走回来，跪下，把脸凑近他，长长的发丝不断搔着他的胸口。"想想，凭着这股

力量我能做多少事啊！我能探知最幽暗的秘密，我能让万物屈服，屈服于我的意志之下！"

托瑞克闭上眼睛，那使得恶心的感觉更加剧烈。他试图坐直，可是他的四肢虽然可以动了，但身子却仍虚弱得像只刚长出翅膀的雏鸟。

舍丝露拨开他前额汗湿的发丝。"这是'世界灵'的旨意！**这就是**它要送我这份大礼的用意。拥有心灵行者和火焰蛋白石，我将一统世界！天地万物，所有恶鬼，都将怕我，且听命于我！"

恶心的感觉狂涌而上，他笨拙地用手肘撑起身体，吐了出来。

蛇族巫师伸出冰冷的手，一把将他抱入怀里。"伟大的力量总要付出痛苦的代价，我知道。不过你现在该明白了，你是属于我的。"

他累坏了，重重倒在她身上。

"说。"她在他耳边小声地说，热且臭的气息呼在他的身上，"说你属于我！"

他抬眼望着她，她真的好美，就连她黑色的微笑也都美极了。

托瑞克说："我属于你。"

第三十节

芮恩抖个不停，因为她刚才做了个毒蛇的梦。

"这梦表示什么呢？"贝尔问，这时他们正在装船。

"我无法确定，不过梦是彩色的，那就表示这梦是真的，我想……"

"嗯？"

"我想这表示，他现在已经落入她手中了。"

贝尔握桨的双手停止了动作。"你不是说，巫术有用？"

"我是说我想它会有用。这谁能说得准呢！"

他想了想。"好吧，我还是相信你，也相信托瑞克。"

芮恩没回话。她并没有告诉他，在她惊醒时，她真的看到一条毒蛇。若不是那两只乌鸦及时把蛇赶走，真不知道会发生什么事？

舍丝露真是狡猾！她切断托瑞克和氏族的关系，还有他的朋友，甚至是狼，然后将他据为己有，就在这个她据为己有的湖区。此刻，她就在某个地方嘲笑着他们每一个人。

这天清晨很热，风在背后推送，他们行进得很顺利。他们没想到那座小岛这么快便已远在西方，下午还没过一半，隐形人之岛已近在眼前。

当他们把船划进浅滩，芮恩献上供品，希望能得到上岸的许可，然后他们把皮船停在一片黑沙滩上，沙滩后方是一座警戒的森林。最近才刚下过雨，树林间雾气氤氲。一堆发红的松针飘出腐臭的味道，这让芮恩又想到了蛇。

"没托瑞克的踪影。"贝尔说，他沿着海滩找了一遍之后走回来，"不过我倒是发现了别的脚印。"

芮恩一听到有别的脚印，心跳立刻加快。"是一只狼。"她吹起她的鸡骨哨子，可是没任何响应。她愈来愈感到不安。

他们一进入森林，风势立刻减弱，他们开始感觉到热。成群的蚊虫在他们耳边嗡嗡叫个不停。蟋蟀的嗓门也很大，就是没听到鸟在唱

206

歌，只偶尔听见一只红尾鸟啾啾叫个两三声。

他们涉水穿过潮湿的越橘树丛，沿着一条小溪往上游走。他们走过和人同高的木蚁窝，以及一块像驼背老人的大圆石，那块石头上全是冒着热气的青苔。芮恩越过肩膀，看到湖水在树林间闪闪发光，接着松林重重围拢，她就什么都看不到了。他们强烈地感觉到隐形人无所不在，她看到贝尔在摸他的海豹肋骨护身符。

他们来到一处空地，这里的小溪被树枝拦出了一座坝，在被咬过的残干和成堆的木片之间，散布着棕色水坑，新鲜的空气里弥漫着浓浓的树血味。

"是海狸。"他们异口同声地说。

贝尔笑着歪了歪嘴角，芮恩觉得轻松了一点。假若隐形人会让海狸留在这座岛上，那么也许托瑞克……

又是那只红尾鸟。

芮恩一动不动。"托瑞克？"她轻声唤着，"是你吗？"

贝尔扬起双眉，她解释说，他们偶尔会用这个当信号。

她又叫了一次，森林十分紧张，她的心跳急速加快。

"也许是因为我们带着武器，"贝尔压低声音说，"他自然得小心提防。"

芮恩瞪着他瞧："那怎么都不会是我们！"

"芮恩，他被放逐了很长一段时间，我们就把武器卸到一边去吧！而且我们应该走进树林里，如果真是他，他不可能公然露面的。"

他们把武器立在一棵残干旁边，离开这片空地，再次走进森林。

"托瑞克！"芮恩对着警戒的松树轻声地喊。

"我们是来帮你的。"贝尔小声地说。

他们走了一会儿，绕过一块大圆石，竟然发现他们的武器好端端地放在一棵越橘树上，唯独芮恩的弓，挂在一棵桦树上。

"不能让它湿掉。"托瑞克说。

拜

他们根本没时间打招呼。

托瑞克朝他们甩了甩头，示意他们跟上来，自己率先走进树林里。"得走进来一点，要不然我们会被她看到的。"

"她在这儿？"芮恩和贝尔异口同声大喊起来。

"在北山上头。"托瑞克低声说，"那是她的巢窟，我想她是因为狼的缘故，所以没冒险留在岛上。"

芮恩觉得身子刺刺的。"你和她真的打过照面了？"

"她把我诱骗到那里，她以为我会帮她，我——我想办法逃了。"

"什么办法？"贝尔问。

托瑞克把脸凑近："就算是蛇族巫师也要睡觉吧！"

"那也不会太久。"芮恩说。

托瑞克没回答。他的表情很不自然，一丝不苟，而且他一直回头去听有没有什么跟在后面。他的眼神很飘忽，那表示他没有一夜睡得好，而且吃不饱。芮恩还难过地发现，他竟然没戴着那个花楸腕套。

她看不出他是不是很高兴见到他们，她看不出他的感觉是什么，她极力抗拒这种可怕的意识，好像他已经成为陌生人。

而且他看起来是那么的不一样！离开的时候，他还是个骨瘦如柴的孩子，现在他已经长得和贝尔一样高，还有他的手臂，暴满粗如绳索的青筋。胸前刺有食魂者图腾的地方，现在结了疤，另外他的肩膀上还多了些不知怎么弄到的刮伤。虽然他仍然绑着头带，可是那只让她想起那枚藏在头带底下的放逐者图腾，以及他独自熬过来的危难。这当中完全没有她。

他们找到一棵倒了的松树，躲到树后，贝尔从粮食袋里拿出鸭肉干分给大家吃。托瑞克吃得很急，像只狼似的。他没怎么提起这两个月来的事，只简单地跟他们说狼加入了一个狼群。贝尔说起他们如何

208

遇见海獭族的人，还有船被撞毁的事，芮恩松了一口气，庆幸他没提起她尝试施行巫术的事。从头到尾，托瑞克大多都和他的兄弟说话，始终没怎么正视她的目光。

等安静下来之后，她提起勇气。"你除掉食魂者的标记了？"

他点了点头。"我有完成仪式，可是我不确定有没有用。我生病了，一种疯病。"

"是灵魂生病。"贝尔说。

"真是那样吗？"托瑞克说，"嗯，我已经好多了。"

"怎么好的？"芮恩问。

"我不知道，就慢慢恢复了。"

一阵翅膀回旋的声音，一只乌鸦飞下来，停在托瑞克的肩上。他缩了一下，把它拎起来。"我跟你说过别这样了。"

芮恩和贝尔交换了个惊讶的眼色。

又一只乌鸦停在杜松树上，托瑞克分别给它们一片肉干，它们随即飞到旁边的一棵树上，狐疑地望着这两个刚出现的人。

芮恩很吃惊。乌鸦这种鸟警戒心很强，可是它们和托瑞克相处，居然那么的放心。

"它们是从哪儿来的？"贝尔问。

"有一阵冰雹。"托瑞克说，"它们从鸟巢里掉出来，然后我只好照顾它们。说来很怪，也就在那之后，我渐渐恢复了。"

贝尔瞄了芮恩一眼，微微一笑。

她并没回他笑容，她一点都不想精通巫术，而且她有点嫉妒那两只乌鸦。

"我把大的那只叫做瑞。"托瑞克说，"小的那只叫蕊。你们可要把随身物品守好，因为它们很爱偷东西，若是偷不到就会捣毁。还有狼在旁边的时候，**千万别**对它们太好，他会吃醋。"

芮恩别扭地对着乌鸦行了个礼。"见到你们真好，可爱的祖上，感谢你们。"

蕊拍打翅膀，沉哑地叫着："见到你们真好，见到你们真好！"瑞则把鸟尾抬得高高的，洒得羊齿上乱七八糟的到处是鸟屎。

托瑞克吃惊地望着芮恩，可她没说什么，就让他以为这两只乌鸦是偶然跑到他身边的吧！

贝尔站起来，说他要去把皮船藏好，突然间，只剩托瑞克和芮恩两人，原已尴尬的两人更显难堪。

托瑞克皱了皱眉。"芮恩……"

"什么？"

"那头麋鹿，攻击你的那头麋鹿——"

"我知道。"她很快地回答。

"你知道？"他的眉头皱得更深，"我一直很担心，所以才会回到营地去，想知道你是不是没事。"

"我知道，托瑞克。"

"是蛇族巫师让我这么做的！"他脱口而出，"她让我作出可怕的事情！攻击你，还攻击阿——那个野猪族男孩……"

"阿奇？"芮恩轻哼了一声，"他没事了！"

他瞪着她看。"真的吗？"

"手受了伤，不过已在恢复中。"

"他还活着。"

"老实说，我真希望他伤得再严重一点。贝尔说阿奇离开的时候，还想叫他的族人去追捕你。"

托瑞克没怎么在听。他两手按在太阳穴上，看起来年纪小了点、脆弱了点。

芮恩说："也许你的改变，并没有我想象中的那么多。"

他眨了眨眼。"变的人是你。"

"我？"

他摸着自己的脸颊，表示他已注意到她的月经图腾。"你看起来好像成熟了一点。"

她很不好意思。"我真讨厌和莎恩住在一起。她睡觉时总磨牙，我第一次听到的时候还以为是谁在磨刀。结果那声音响了**整个晚上**。"

他噘起嘴。"她有什么味道吗？"

"像具放了三天的死尸。"

他露齿一笑，突然间，他给人的感觉不再陌生。

贝尔回来了，一脸忧愁。"我早该把皮船藏起来的，一定是被她发现了。"

"不管你怎么做。"托瑞克说，"她不用多久，很快就会知道你来到这里，她什么都知道。"

芮恩全身发冷。

"可是她到底想干什么？"贝尔问。

"她想迫使这个湖臣服于她。"托瑞克说，"她想要我帮她找到最后一块火焰蛋白石，她想统治一切。"

"她如何能让你帮她？"芮恩问，呼吸几乎停止。

托瑞克迟疑了一下。"那块我做给你的小圆石落到她手里了。"

芮恩遽然闭上眼睛，她一直在害怕这件事的发生。

"不过，我还是逃出来了。"他没什么把握地说，"而且我克服了灵魂上的病，在她逼我心灵行走到毒蛇的身体里时，我成功反击了。"

不，你并没有，芮恩心想，是那两只乌鸦及时把我叫醒。她刻意提高音量说："她一定还会再让你心灵行走的，托瑞克，要不她也一定会想出其他的法子。她就像条蛇一样，一旦遇到阻碍，自然会从旁边溜过去。"

托瑞克站起身来。"那我们就得在她之前先找到火焰蛋白石。来

吧！跟狼在一起，我们会安全点。"

一切发生得太突然了，托瑞克一时间还无法适应过来。

先是他从舍丝露的手中逃脱：一路攀着岩壁爬下，行走在芦苇丛溅起的水花中，快速冲进森林。时时刻刻都在恐惧，总觉得有毒蛇的毒牙，狼咬了他小腿一口，更害怕与那双看透一切、万能强大的目光正面相对。

然后刹那间，芮恩和贝尔来了。

他应该欣喜若狂才对，可是他的感觉却五味杂陈。芮恩的模样看起来都不一样了！她的嘴角还看得到那个桦树种子似的雀斑，可是她氏族图腾上的那条红条纹让她看起来成熟许多，也生疏许多。这等于活生生地在提醒他，没有他这个人，各氏族照样生活，他早被忘得一干二净了。

还有，看到她和贝尔一起出现，也让他很诧异。就在他们一起穿过森林时，他看到他们很轻松地踏着一致的步伐，还注意到贝尔把一根挡到她的弓的树枝扣住，心里竟嫉妒得剧痛。这个海豹族男孩已经取代他的位置了。

倒是芮恩，她好像没怎么注意这些。她一心就想知道当他在泉边和舍丝露一起时，舍丝露说了什么、做了什么，而且还听得十分专注，那神情和她打猎时一模一样。

"她自会有办法找到你的。"她说，"如果我们能知道她在做什么就好了。"

贝尔看到瑞栖息在一棵松树上。"托瑞克可以心灵行走到乌鸦身体里，那就可以去查了呀！"

"这法子我曾经想过。"托瑞克说，"可是我不能这么做。我在极北时，曾答应过风灵，绝对不再飞行。"

"如果让她知道了，不知她会怎么笑你！"芮恩尖刻地说。

天愈来愈暗，这时他们已来到水莲湖边，狼穴安静无声。

托瑞克发出两声短促的狼嗥。**我来了！**

没回应。

他跑到洞穴那边察看。

没有幼狼的守护狼。没有幼狼。

"它们走了。"他不可思议地说，"狼群走了。"

芮恩两手叉腰地站着，左顾右盼。"它们会把幼狼带去哪儿呢？"

托瑞克想了一下。"当幼狼长得比较大了，狼群就会带它们到新的地方去学狩猎。"他吐了口气，"对，一定是这样。"

"会到很远的地方去吗？"贝尔问，声音不太自然。

"大步跑上一天吧，也许会更远。"

"这么说，那就不在这座岛上？"芮恩问。

"对！"托瑞克说，"不过狼会回来找我的，要不我们自然会通过狼嗥寻找对方。"

"托瑞克。"贝尔截断他的话，"难道你还看不出这表示什么吗？如果狼群离开了这座岛，那就表示——"

"没错。"蛇族巫师说，"就是这么回事。"

第三十一节

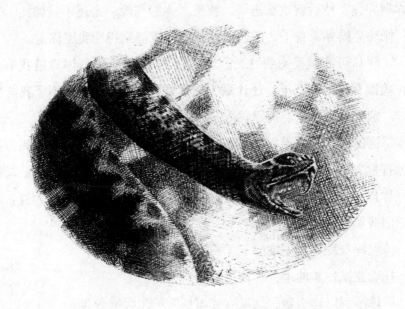

她盘坐在洞穴上方的大圆石上，带着她那歪斜嘲弄的微笑，凝视着下方的他们。"狼全走了。"她对托瑞克说，"我让它们全部离开了。"

"别听她说话。"芮恩说。

"怎么啦？难道我会害你们不成？"蛇族巫师一面说，一面盯着托瑞克看，"三个对一个，何况我根本没带武器。"她的声音就像足以侵蚀石头的水那般平顺，她让托瑞克觉得，舍丝露好像就只是在对他一个人说话，好像他们三个只是落单在这闷热薄暮里的一个人。"没有武器。"她柔声地说，"连把刀都没有。"

托瑞克觉得肩膀两边不断冒汗，他快速朝友人瞄了一眼。贝尔不知所措地站在那儿，手上拿着斧头却浑然不觉，芮恩紧紧揪着她的弓和箭，却根本没瞄准。

"连把刀都没有。"蛇族巫师又说了一次，他的目光不禁再次移到她身上。她胸前的药袋缓缓上升下降。在微弱的光线中，她的眼睛很黑，像蛇眼似地一眨不眨。"你骗了我。"舍丝露对托瑞克说，"你糊弄我，然后就这么逃了，我想，你的气魄一定还不只如此。"

托瑞克摇晃着身子，使劲地说："你想都别想让我跟你走。"

"啊！可我就是有办法。"她摸了摸那个药袋。**你知道我有办法，我握有你的小石子，还让绿土蛇紧紧缠着它，你抗拒不了我的！**

"别听她说话。"芮恩再次吼了一声。

"这位应该就是芮恩了！"舍丝露双手支着后倾的身子，兴致盎然地打量着她。"好一个小泼妇！帮助他和我作对的人就是你，没错吧？你肯定有一些巫术天赋。"她停了一下，"不过你当然会有，至于原因我俩心知肚明。"

芮恩浑身发抖，把箭搭上了弓。

托瑞克抓住她的手："芮恩，不行！"

"你不可以这么做，她没有武器！"贝尔大喊着说。

舍丝露笑了，露出雪白的牙齿。"她不会把箭射出去的！她不可以这么做。是吗？芮恩？"

芮恩从头到脚不停地颤抖，同时放下她的弓。

"我早知道她不会这么做的。"蛇族巫师不以为然地说，同时把目光转向贝尔。"杀一个手无寸铁的女人……谁会做得出这种事来？你会吗？"

她的美迷得他仿佛陷入蛛网，他紧抓在手里的斧头不知不觉掉了下来。

"我想不会。那可是个污点，代表你是个无能的男人，但你绝对不是个无能的男人，你是海豹族的猎人，你很强壮的。"她说。

贝尔抖了抖身子，深吸一口气，好像急需氧气的样子，可是他的双手还是垂在身体两侧。

蛇族巫师从他身上收回目光，托瑞克再次感觉到她目光的力度，那种感觉就好像直接盯着太阳看一样。

"别看她！"芮恩说，"别听她说话！"

托瑞克紧抓着刀柄，用力之大连指关节都一一发白。爸爸曾是这把刀的主人，爸爸拥有对抗食魂者的力量，所以他也一定会有。"我——不会跟你走的。"他终于说出来了。"我不会帮你去找火焰蛋白石的！"

"噢！可是你会的。"舍丝露嘴唇微张，发出静无声息的笑声。"当你知道真相的时候，你就会帮我了。"

"不会！"

"你瞧。"她接着又说，仿佛他始终没开口说话，"我可以让你离开你的朋友，我可以让你和你的伙伴们断绝关系，这简直易如反掌。"

"不！"托瑞克小声地说。

"她在说谎。"芮恩说，像是在辩解什么，感觉很怪。"那就是她的诡计，托瑞克，她说谎！她硬把自己没做的事说是自己做的，又把做过的坏事推得一干二净，她说的任何话你都不可以相信！"

"有些话你可以相信的！"舍丝露对芮恩说，声音尖锐而毒辣。

"我俩都心知肚明。没错吧，芮恩？不过我不得不说，我实在很惊讶，你居然没告诉他。如果他是你的朋友，如果你在乎他，就跟他在乎你一样，他是真的很在乎，真的……而你居然没告诉他！真是大错特错！不过这会儿……"她狡猾地接着又说，"你应该已经知道这个错误了吧，知道了吗？芮恩？"

托瑞克看到芮恩一脸惨白，他问："芮恩，怎么回事？"

芮恩两眼茫然地像两个空洞，表情无法辨识。"我本来是要告诉你的。"她紧张地说，"可是我一直找不到……时机一直不是很恰当。"

他的身体渐渐发冷。"告诉我什么？"

"难道你都没怀疑过吗？"舍丝露将身子前倾，以蛇靠近猎物时的那种专注盯着他看。

"怀疑什么？"托瑞克问，"芮恩，到底什么事？"

舍丝露露出她那恶心的微笑。"告诉他呀！芮恩，告诉他！"

芮恩张开嘴巴，却发不出任何声音。

"到底是什么？" 托瑞克大吼着问。

蛇族巫师舔了舔她黑色的嘴唇，轻声地说：**"她是我的女儿！"**

第三十二节

芮恩真希望托瑞克能开口说句话，说什么都好，可是他就只是站在那儿，盯着她看，那比什么都糟。

"我想过告诉你的，但时机一直不是很恰当。"她说。

他张着眼，仿佛胸口被重重一击；他张着眼，仿佛他不认识她这个人。

她说："一开始我不能告诉你，你知道了肯定不会和我做朋友。"

"两年。"他静静地说，"你瞒了我整整两年。"

她觉得好冷好冷，直直冷到心底深处，冷得甚至不知什么是颤抖。"我以为你能猜到，当你心灵行走到麋鹿身体里，还有那条毒蛇，我想你一定很生气。"

"没有，你隐瞒得很好。"

"你——你不也一样隐瞒了些事？"她颤抖地说，"你也没把食魂者图腾的事告诉我，可是我不在意，我可以体谅。"

"那件事瞒了两个月，并非两年。"他退开几步，跟着转身面对她。他面无血色，嘴唇灰苍苍的，不见其他颜色。"在我第一次遇见你的时候，"他缓缓地说，"我就觉得——好像有什么事，让我没办法信任你。"他停了一下，"想不到我是对的。"

"你怎么能这么说？"她脱口而出，"你当然可以信任我！"

他不相信地摇了摇头。"整整两年，那时我是你的朋友，而你居然骗我，每一天都在骗我。"

"你现在也还是我的朋友！"她大叫着说，"我也还是芮恩！还是同样的那个人！"

贝尔走到他们中间。"托瑞克，她从来没想过要伤害你。"

"你知道什么？"托瑞克厉声打断他，"这没你的事，这跟你一点关系都没有！"

"托瑞克，**我求你**。"芮恩说，"我知道我早应该告诉你的……"

"走开！"他的表情渐渐激动起来，"我再也不想看到你了！走——走开！"

她一转身，飞一样地跑了。

"芮恩，回来！"贝尔大叫，"不——托瑞克——你别走！**芮恩**！我们一定要同心协力，现在这样不正称了她的心？"

芮恩狂烈地穿过蕨丛，无所谓自己将要到达什么地方。她一面跑，一面看着蛇族巫师从圆石上消失。她果然如她所说，将他们拆散了，简直易如反掌。

山

托瑞克的思绪始终专注于自己。他听见贝尔在他身后拼命追赶，可是在这座渐渐暗下来的森林里，这个海豹族男孩终究不是他的对手，他很快就落在后面了。

最后，托瑞克跑到岸边，不得不停下脚步。芦苇丛死去般地静立着，像是一座鱼叉树林，他看不清它们。这晚很热、很静，他全身不断冒汗，可是他却又冷得不停发抖。

过去的好多画面闪过眼前，芮恩的巫术天赋，她满心不愿去练习，她不愿说出她的理由。

她和蛇族巫师甚至连长相都像！一样苍白的肌肤，高耸的骨架，匀称的五官。他为什么都没发现？

但是打击最大的、伤害最深的，是她居然瞒了他这么久，是她居然有本事如此欺瞒。这让她不再是她，成了另一个托瑞克不认识的人，而这也是最糟的地方，因为这就表示他已失去了她。他再次孤零零一个人，就跟爸爸被杀害时一样。

不，他心想，不是孤零零一个人，绝不是，只要你还有狼。

狼绝不会欺骗他，狼根本不懂欺骗这回事。

托瑞克仰天长啸，**回到我身边吧！狼兄弟！我需要你**！管她什么

蛇族巫师，他闭上眼睛，尽情在狼嗥声中释放他的伤痛与寂寞。

一开始，他什么都没听到，然后，非常轻微的，出现了响应的嗥声。

至少，托瑞克觉得那是狼，只是太远听不清楚，也许压根不是狼，而是狼群里其他的狼，也许那嗥声与他一点关系都没有。

他感觉自己一无所有，沿着岸边，漫无目的地游走。

过了一会儿，他发现自己坐在岛的南端俯视湖面。他不知道他是怎么来到这里的，只知道自己非常、非常地疲倦。

南边远处，他隐约看到水獭族营地的火光，再拉近一点，朝西，也有营火点点闪烁。他心烦意乱地想着那会是什么，大概是来追捕他的氏族吧，他丝毫提不起劲去担心。

湖面上，一袭黑影悄悄朝他滑来。

他没什么力气躲躲藏藏了，他一手握住斧头，站了起来。

那影子轻巧地滑动，一路朝他奔来，安静的如同一条狗鱼。

"托瑞克，上来。"贝尔在暗影中悄声地说。

托瑞克丝毫没有动静。

"托瑞克，**快上来**，蛇族巫师随时都可能出现！而且从那些营火看来，有半数的氏族已来到这儿要追捕你！"

托瑞克仍然没有动静，贝尔叹了口气。"我知道这不好过，可是没时间了！我们得往北岸去，他们不敢到那里抓我们的，然后我们再去找芮恩。"

"不要。"托瑞克说，"你想怎么做都随你，我要去找狼。"

"狼自然会来找你，可是芮恩现在一个人落单在那边，那个——东西——随时都可能出现的！"

"我才不在乎。"

"不，你在乎，如果芮恩发生了什么事，你永远都不可能原谅你自己的，我也一样，快上来吧！"

狼在山上来回踱步时，太阳在天空中闪闪发光。

在白天的时候，他告诉自己一切都很好，只要确定幼狼在新的栖身处安全，他就可以赶快回去，把"无尾高个子"带过来，接着，他就听到从很远的一个地方，传来他的狼兄弟绝望的嗥声。

其他狼也听到了，可是令他难过的是，它们根本没什么反应。幼狼成群累倒在一起，成年狼也因跋涉的疲累而摊着四肢，在睡梦中轻声喷气。"无尾高个子"是它们的朋友，可是他并非狼群的一分子，而狼则是狼群的一分子。

这让狼很困扰，他希望大家都能聚在一起，像之前在岛上那样。

他往下快跑去找"深色"，嗅着、舔着它的口鼻。它在困倦中抬起头，尾巴砰的一声，然后就又侧躺在地，不久脚掌抽动，它又睡着了。

带头狼感觉到狼的烦恼，醒了过来。

狼垂下耳朵，摇起尾巴，为他即将离开而道歉，然后他便起步直往山下跑。

持续奔跑很有帮助，他很快就能回到洞穴，找到"无尾高个子"，然后他就可以带他回狼群这里，一切就会很顺利。

有那么一会儿，他的心神坠入毛皮边上灰色花的呢喃，以及睡着了的树林的甜香，但是向来警觉的那一个他却发现，这个晚上、气味和声音，都比以往还要浓烈。他绷紧毛皮，觉得脚底一阵刺痛。雷声滚滚，暴风雨就快要来了。

当他接近较平的地面时，他慢下速度，还闻到狗的气味，有些他认得，大多他不认得。他停留在下风处，爬过那些无尾聚集在岸边，好像野牛群一样的营帐。怎么有这么多的无尾？这边的气味闻起来像野猪和乌鸦，甚至还有狼，但是他没办法停下来查看。

过了营帐，他加快脚步，在芦苇丛中一路穿梭，循着自古以来只

有狼和隐形人知道的路径快跑。在他大步奔跑的时候，他不时看见他们：沉默、摇晃。他没多理他们，而他们也放他通过。

终于，他来到那个藏身的洞穴，事情竟然突然变得很糟很糟。四处都是"蛇舌"的恶臭！

狼闻出"无尾高个子"来过这里，然后令他大感意外的是，他也嗅到了那个闻起来像乌鸦的狼群姐妹的气味，以及他们的朋友，一个毛皮苍白的雄性。**可是他们吵架了！**狼闻到愤怒、痛苦、锥心悲伤的气味，他闻到"蛇舌"令人讨厌的畅快。

一阵微风唤醒桦树林，狼听到远方传来一声声狼嗥。狼群正在高歌它们的欢喜，庆祝它们为幼狼找到一个安全的地方。

狼昂起口鼻，打算告诉它们，他要回去了，但是突然间，他停了下来。

他既痛苦又清楚地明白了一件事，这比用尖牙撕咬他的肚子还要痛，**一只狼是不会有两个狼群的。**

狼现在终于明白："无尾高个子"不可能跟狼群一起生活，因为那不是他生来的目的。他生来的目的是要和坏无尾战斗，就好像狼生来的目的是要猎杀恶鬼。

痛苦像利齿一般啃蚀狼的心，他再也不能与狼群一起奔跑，再也不能教幼狼玩猎旅鼠的游戏了。在他很小的时候，是"无尾高个子"救了他，后来，他还勇敢地去了冰原，从那些坏无尾手中救他出来。"无尾高个子"是他的狼兄弟，一只狼是不会有两个狼群的。

不知是什么在啄狼的尾巴。

醒醒！乌鸦呱呱叫着。

狼懒洋洋地反击了一下，将它们赶走。

乌鸦高高地站在岩石上，跟着飞到地面，再次悄悄移向他。既然它们找到他了，它们就不会丢下他不管。

它们是对的。

狼吞忍悲伤，四处嗅寻，试图从气味中找出路径。他很快就发现了"无尾高个子"的气味，一路跟着走入森林。

他才走了一会儿，就遇到了河。他闻到海豹和松血，以及那个毛皮苍白的无尾。他坐在岸边哀鸣，"无尾高个子"已经和白毛皮坐进皮船里走了。那皮船游得比一头巨鲸还要快，要想游泳跟上"无尾个子"大概没办法，他已经离开了。

再次，狼四处嗅寻。他捕捉到狼群姐妹的气味。**没错**。现在他知道该怎么办了！

只要他把狼群姐妹找到，他就可以去找他的狼兄弟，他们不会分开太久的。

第三十三节

芮恩毫不在意自己的去向，黑暗的松林冷冷地盯着她看，可杜松却拉住她的衣服，叫她放慢脚步。她不断往前跑。

托瑞克的声音不断在她脑中回响。**走开！我再也不想看到你了！** 他的那双眼神……深深躲进自己的内心，像狼舔舐自己的伤口那样。

她对他做了那样的事，都是她的错。

瀑布的声音迎面而来，她发现自己站在一座窄细的芦苇丛里，背后隐约可见一座阴森的山壁。

她双拳紧握。某个女人就在上头那儿的某个地方，而她，正是夺去她父亲生命、令她生命失去光彩的人，也正是她，让她痛苦地背负那些她毫不稀罕的力量，让她失去唯一的朋友。

她在生草丛间跳来跳去，一路来到山崖下方。她站在那里，伸长脖子探看。她可以爬上去，正面迎战蛇族巫师，但这么做也许正称了她的心；她可以布下些陷阱，将她活捉，又或见尸，反正是生是死她都不在乎。

她大叫一声，转身跑开。

她发现一条小径，一路通往北岸，才走了一会儿，她就觉得有双眼睛在盯着她看，急急一个转身。

"贝尔？"她小声地喊，"托瑞克？"

没人，没人跟在她后面。她又回到认识托瑞克之前的她，没有朋友。

最后，她来到一座在夏夜里闪着湛蓝光芒的小湖湾。一堆堆的漂流木被风雨冲刷得白白的。湾口，有三个树桩守卫似的立在那里。它们丑恶的头是用泥土做的，白色的双眼凝视着湖面。芮恩感觉到由它们的力量所发出的轻声尖叫，不禁握紧她的氏族动物毛皮。她侧身从它们后面绕过去，以免被发现。

湖湾的东边，有片松林，刚好挡住树桩，她发现浅滩那儿系着一艘鹿皮小船。也许它正是蛇族巫师的船，她才不在乎。

很快地，她松开系绳，跳到船上。小船摇晃不已，但她还是努力划桨，直向前去。她不知道自己会到什么地方去，她只是不想让自己停下来不动。

有种感觉令她不禁回头扫视。

蛇族巫师站在水边，盯着她看。

恐惧将她紧紧包围，仿佛被无形的网困住一样，她把船头调转过来，两人隔着闪闪发光的湖水正面相对。

"你到底想要什么？"芮恩问，痛恨自己边说话边发抖的声调。

"你又没东西可以给我。"蛇族巫师说，一张脸在月光下看起来非常苍白。

"那你又何必来这里？"芮恩说，"你还嫌做得不够吗？"

黑色双唇张了开来。"你真令我失望，女儿。少点感情用事、多点理性，这才是我期待的。"

"我伤害了他，我伤害了我最好的朋友。"

舍丝露不屑地把头一甩。"真是太可惜了！你的心完全和你父亲一样！虽然——"她把嘴一噘，指了指那艘偷来的船，"你的胆识和你母亲一样。"

"我和你**没什么**是一样的！"芮恩嗤之以鼻地说。

"可是我们都知道事实并非那样。你有我巫术的天赋，你帮助那个心灵行者和我对抗，表现得非常好，也许我还该以你为傲呢！"

芮恩内心满是恨意，揪得她痛苦难当。

"他是我的，女儿。"蛇族巫师警告地说，"他是我等待了那么多个冬天应得的报偿。"

"他不属于任何人，他只属于他自己。"

"别和我作对，拿你的力量和我对抗，那可是会没命的。"

"也许吧，可是你也并非每战必胜。莎恩的力量是比你弱，但她还是赢了你一回。"这话正中目标，芮恩看见她苍白的双拳握得紧紧的。

"那并非巫术。"舍丝露的声音轻得几乎听不见，"她不过就是

个小偷罢了，她从我手中偷走了你。"

"她救了我！"芮恩厉声反驳，"那时的我还是个婴儿，而你竟然打算牺牲我！"

"她这么告诉你的吗？"舍丝露挺直了身子，像条蛇似地后退，随时准备攻击。"我何苦怀你怀了漫长的九个月，就只为了杀你？不，你注定要有更伟大的作为。"她旋动着她的黑唇。"你本该是我最精致的产物，你本该成为我的托卡若思！"

芮恩再也听不见蛙声，再也听不见湖水的拍击。

"我本来可以做到的。"蛇族巫师说，"照理火焰蛋白石可以引来力量最强大的恶鬼——一股最强大的原始力量——我本来可以把它困在我初生孩儿的体内！属于我的东西，我的生灵！凭着这股力量，再也没什么是我们办不到的！"

在那一瞬间，她的目光越过芮恩，望着那已不可能发生的壮举。然后她大步一退，充满蔑视地盯着她的女儿看。"结果，那个干瘪的老太婆'救'了你，而你现在就坐在那儿：脆弱、无力，犹豫着自己是否有勇气把我给杀了。"

"我当然杀得了你。"芮恩咬牙切齿地说，"我现在就可以一箭将你射穿。"

舍丝露笑了。"千万别口出狂言，结果却什么都做不到，女儿！要对付我，凭你的力量根本不行。你赢不了我，更杀不了我！好好记住这点！"她张开手臂朝小船伸来，手腕一扭手掌朝下，芮恩急急一退，仿佛被击中一般，跟着还差一点失去平衡。

当她再次看去，蛇族巫师已不见踪影。

4

狼沿着小河一路奔跑，"蛇舌"的臭味一直呛得他鼻子难受。不过坏无尾已经离开了岩石这一带，所以他循着狼群姐妹的气味，不断地朝前方快跑。

他跑过一个湖湾，那是隐形人聚在一起从水里面打捞东西的地方。他大步穿过一列警戒的松树，来到树林另一头。在他跑的时候，闻到冰河的气味从远方飘送过来，他感觉到它的躁进，听到天空中雷声隆隆。

跑了很多个大步之后，他找到了狼群姐妹。她蹲在水边，附近有艘闻起来有"蛇舌"臭味的小船，狼感到非常惊讶，她好像觉得无所谓。她把头放在她的手里，一直抖个不停，一直大声哭号，当无尾非常、非常悲伤的时候，常常都是这个样子。

狼放轻脚步，小心翼翼地走向她，然后他坐下来，舔她的膝盖。

她抬起头，眨了下眼睛，然后她用无尾的话语说了些感觉悲惨的话，用她的双臂大力抱住他的脖子，把她的脸埋进他的颈背里。狼很不喜欢这样，不过他还是让她这么做，因为他感觉得到，她的内心正在破碎。

终于，她的哭号转为抽泣，然后大口吸气。狼松了口气，因为她总算放开了他。他们彼此依偎地坐在一起，凝视河水的表面。这一次，当狼舔她的脚趾，她轻轻挥开了他，他于是知道她的心情好多了。

他扬起口鼻，往空中吸嗅，但是"无尾高个子"的味道他始终捕捉不到。狼觉得很奇怪，原本他打算要去找他的狼兄弟，这下行不通了。

打从父亲死后，芮恩就没再那样大哭过。那样大哭让她觉得自己被掏得空空的，而且变得像蛋壳一样脆弱。

狼帮了不少忙。他出其不意地出现，如今又出其不意地离开，不过她可以嗅闻到狼在她衣服和肌肤上留下浓烈甜美的气味，那带给她极大的安慰。她还有狼，她并非没有朋友。

她用湖水把脸洗净之后，思索着下一步该怎么做。

　　虽然托瑞克已经不认她是朋友，但她还是可以找到办法帮助他。"想想看。"她大声地说，"蛇族巫师想要的到底是什么？"

　　她想要的是托瑞克和火焰蛋白石，她原本以为自己已将他掌握，谁知出现了乌鸦。

　　那让芮恩觉得好过了点。毕竟，她施下的巫术奏效了，乌鸦正是她派过去的。

　　她开始在小卵石上踱步。今夜没有风，空气很闷，而且月亮周围的那一圈云层告诉她，"世界灵"并不平静，暴风雨就要来了。可是此时此刻，除了有对潜鸟飞快掠过水面，湖水看来大致平静。她忧心忡忡地看着潜鸟一路飞行的踪迹。

　　突然间，它们转弯回头，直直向她冲来。

　　她吓了一跳，赶紧压低身子闪躲。

　　它们迅速从她头上飞过，距离之近，让她甚至听见翅膀飒飒的声音，看到一只红眼快闪而过。它们发出震耳欲聋的呼啸，一个逆转，消失在芦苇丛中。

　　芮恩始终站在卵石地上。这又是一个征兆，她非常确定。两头小鹿，双头鱼，水獭族双胞胎，两只鸟。什么都是成双成对。已经好一段时间了，灵界一直试图想告诉她什么，偏偏她就是看不到那个图形。

　　缓缓地，芮恩站了起来。

　　若要读懂这些征兆，她恐怕得让她的心彻底打开，顾不得代价是什么了。

　　月亮飞快掠过夜空，芮恩仍然坐在原地，照着莎恩教她的方法，在黑沙上碾磨白色卵石。整个晚上，只见她的身子前后摇晃，一边碾磨小卵石，一边催眠自己让心神出窍。

　　杜松的烟令她头晕，杨树汁刺得她不得不紧紧闭上眼睛。这只是其中一部分而已，她还必须让自己离开外在的世界，用她的内在之眼观看。她必须清空她的心，这样答案才会显现。

她的肌肉又酸又痛，她的思绪里满是小石子撞出的碎片，牵引着她进入黑暗之中。

"湖灵与山灵啊！"她轻声唱道，"森林之灵与冰灵啊！我请求你们引导，你们已给我许多征兆，我非常感谢你们！现在请帮我找出其中的意义吧！"

突然间，她感觉到一股强大的意志在撞击她的意志，一惊之下，她差点就睁开了她的眼睛。

舍丝露。

芮恩紧咬着牙，继续碾磨，撤退到声音的后面。

我看到你了……舍丝露的心探进了她的心。**我知道你力量的极限**……

她手中的小石突然变得跟砾石一般沉重，重得她几乎拿不起来。她强迫自己一定要继续磨，把蛇族巫师关在外面。

我是芦苇和风暴，我是雷和风……你绝不可能赢的……

她的肌肉发烫，眼前一阵天旋地转。她感觉舍丝露整个人朝她疯狂袭来，强大到就连吹倒大橡树的暴风都自叹不如。

磨石声愈来愈响，愈来愈像蜜蜂，许多蜜蜂嗡嗡的叫声。她漂浮在声音上方，一路向下，进入湖水深处。当她渐沉渐深，一声愤怒的嘶吼渐渐消失在上方世界的远处。

她瑟缩地窝在湖底，感觉到她的痛苦正飒飒地穿过她的身体，也感觉到她难以想象的苍老。

这会儿，她盘旋在疗愈之泉上方，看到蛇族巫师的双手正在挖圣土。

那会儿，她快速行走在冰河边缘的水面上，伸直了脖子，凝望阳光下闪闪发光的冰墙，是那么激烈、坚硬、残酷的蓝。那么的蓝……

芮恩大叫一声，醒了过来。

当她摇摇晃晃站起身，一路跌撞地往水边走去，痉挛的肌肉嘎吱嘎吱地尖声大叫。

"原来我搞错了。"她喃喃自语地说，"不是舍丝露，带来死亡的是这个湖！"

第三十四节

托瑞克和贝尔驶进北岸一个湖湾时，月亮已经落下。

三道睁眼凝望的树桩挡着他们，若不是一心想找到芮恩的踪迹，他们或许不会冒险上岸。在上岸之前，贝尔先取出一小片鸭肉干放在桨上奉献。

在夜里搜索这座岛，即便是托瑞克，也不觉得是件容易的事。他们唯一找到的踪迹是芮恩在芦苇丛附近留下的一个脚印；另一个则在湖的北岸。在这个湖湾的东边，他发现了更多的脚印。

是芮恩的脚印没错，不论在什么地方，他都认得出来，只是她并非独自一人，她的脚印上重叠着另一道轨迹：纤细、高高地拱起、脚形跟芮恩的很像，但又更长。舍丝露。

托瑞克一手打在自己脸上。芮恩曾经单独面对蛇族巫师，而且还是在夜里，在这个阴森森的地方。

"她会不会发生什么事？"贝尔低声问，"舍丝露会不会——"

"我不知道。"托瑞克断然回答，"让我想想！"

一整夜来他们几乎没再交谈，只偶尔互相探问，决定接下来的搜索方向，但托瑞克感觉得出贝尔心里对他很生气，他强迫自己把心思专注在追踪的事情上。

蛇族巫师的脚印一路回头往森林走，然后就消失不见了。不过让他士气大振的是，湖岸上游一带交叉出现了脚掌印，由足迹来看，狼一度四处寻找气味。

"狼和她在一起。"贝尔说，"那绝对是个好消息。"

"也许吧！"托瑞克咕哝地说，沿着湖岸扫视。

狼！你在哪里？

他不敢放声狼嗥，因为怕把舍丝露引来。她给人一种无处不在的感觉，就像烟的味道一样，烈火之后仍久久不散。

"不过如果芮恩曾经来过这里。"贝尔说，"这会儿她又去了哪儿呢？"

托瑞克低下头，查看她从树林一路来到湖湾东边的路径，接着他又查看了一遍，结果一样，路径来到湖边就没了。

他不愿往最糟的情况去想，然后他继续搜查。

就在这里，泥地上有个往浅滩走去十分吃力的痕迹，他在附近发现一棵杨树幼苗，树皮被什么刮出细细的痕迹，似乎是绳索。"一艘船，她找到一艘船，泊在这棵树边。"

贝尔吐出一口长气。"那就表示她可能在任何地方。"他耸了耸肩膀。"我们应该休息一下，等天亮再开始找，要不然，我们可能会找错方向。"

我刚才早就在这么做了，托瑞克心想。

为了摆脱这几道守卫的树桩，他们搭乘皮船，沿着一列松树绕着走，驶进下一个湖湾，然后带着船离开湖岸，顺着树林繁茂的山坡走上好一段距离。贝尔拿出几片鸭肉干和他分着吃，两人带着心结在沉默中吃着。

天就快亮了，但是森林里弥漫着怪异的寂静。没有青蛙、没有蟋蟀，而且没有鸟，托瑞克心里不安地想着。只有瑞和蕊不时小捣蛋一下，啄他的东西。

他从坐着的地方，看到西岸营火点点，他猜那当中应该也有乌鸦族人。芬·肯丁一定是来找芮恩的。

"托瑞克。"贝尔开口，打断了他的思绪。

"什么事？"他反问。

"我知道她的确应该早些告诉你。"

托瑞克紧咬着牙。听到贝尔说起芮恩，就像是撕开他的伤疤一样。

"可是就算她的母亲是……我的意思是，这件事并不会改变你们的友情。"

"改变一切的，是她没有坦白告诉我。"可是在托瑞克心里，他愈来愈觉得难以相信。

"带着这样的秘密。"贝尔摇了摇头，"有多沉重啊！"

托瑞克捡起一颗小石子，往树干一掷。没扔到。乌鸦抬起头，责备地盯着他看。

"不过。"贝尔不屈不挠地接着又说，"她真够猛的，而且很有胆识。"

托瑞克转身面向他。"**行了！**你想说的话都已经说了，现在可以让我一个人静一静了吧！"他冷不防拿起自己的东西，往旁边走了几步，背对贝尔坐了下来。

这个海豹族男孩很明智，没再去吵他。

托瑞克虽不再觉得饿，但却很累，可是他知道他不能睡着；更糟的是，瑞和蕊不断搞怪。蕊一直胡乱拍动它的翅膀，装得像是一只急需粮食的雏鸟，瑞则一直啄他的刀柄。

"**停下来！**"托瑞克对它说，可想而知，那根本没用。

他丢了一小片肉给瑞，可它视而不见，跟着又开始啄起刀来。

"停下来！"托瑞克低声嘶吼。

"怎么了？"贝尔柔声问他。

托瑞克没应声。

瑞怔怔盯着他看，并非想讨东西吃，就是瞪大了眼一直看。它的双眼黑得宛如太初之始，它的乌鸦灵魂探入了托瑞克的灵魂。

托瑞克的目光从瑞身上，转移到缠在刀柄上的鹿皮腱条，然后又看了看瑞。他转头盯着贝尔瞧，一副开口想说话的样子，可就是什么也没说。

海豹族男孩发现了他的表情，朝他走了过去。

托瑞克还是不说话，径自从刀鞘里抽出刀来，用力敲打那层包缠的腱条，感觉很紧实——在爸爸死前的那个夏天，他曾重新缠过——即便是被乌鸦的尖嘴啄，照理也不该是这个样子。

贝尔没要他解释什么，直接就把自己的刀递过去给他。"切开看看！"他说。

一旦腱条割开，接下来就好拆多了。当托瑞克拆到最后一层，他的心跳加速。

树林静了下来。

湖水屏住呼吸。

托瑞克汗水直流，他看见好几个夏天以来，一直藏在父亲刀柄里的东西。他把刀放斜，东西从爸刻意挖空的小洞里掉出来，落在他的掌上。托瑞克定睛看着它——看着这个大小如知更鸟蛋一般的东西，拥有的力量却足以魅惑异世界的恶鬼——太阳升上冰河顶端，一道刺眼的光芒，射入火焰蛋白石冰冷红艳的核心。

贝尔嘶地一声倒抽了一口气。"一直都在那。"

托瑞克没回话，仿佛又回到他十二岁大，跪在爸爸身旁的那个时候。

"托瑞克。"爸爸喘着气说，"我要死了，太阳出来之前我就会死了。"

托瑞克看见爸爸消瘦的棕色脸庞痛苦地抽搐着，他看见爸爸亮灰色眼里的血丝，看见他眼中那深不可测的黑暗。

"交换刀子。"爸爸跟他说。

托瑞克一听这话吓呆了。"我不可以拿你的刀！你要用！"

"你比我更需要。"

托瑞克并不想和父亲交换刀子，因为那表示一切无可挽回，但父亲严峻的眼神令他不敢违抗……

"爸爸！"托瑞克低声叫唤，他感觉到火焰蛋白石正以一股尖锐的寒冷，灼烧他的手掌，他望着它有如热火般跳动不止的心。

贝尔伸出手盖住石头，粉碎了魔咒。"托瑞克！把它盖起来！"

托瑞克眨了眨眼。

"她会发现的。"贝尔轻声说，"把它盖起来！"

托瑞克从昏眩中惊醒，把火焰蛋白石放回之前安置它的小洞，再用他的头带缠住刀柄，将它固定。直到把它藏妥当之后，他们的呼吸这才恢复顺畅。

终于，贝尔问了："我们该怎么做才能毁掉它？"

托瑞克皱起眉头，他怎么可能会想毁掉这么美的东西？

"托瑞克！到底该怎么做？"

当然，贝尔说得没错。"你得埋了它。"托瑞克哑着嗓子说，"只能深埋到土里或岩石中，而且……"他停了下来。

"而且什么？"贝尔说。

"它需要一个生命陪葬，否则它是不会死灭的。"

他们谁也没看谁。

托瑞克想起芮恩，想起在极北时，她竟为了让火焰蛋白石彻底销毁，决心付出自己的生命。他很怀疑自己是否有勇气去做这样的事。

他想起过去她一次次冒着生命危险来帮他。

突然间，蕊呱呱呱地放声大叫，两只乌鸦同时啪啪展翅飞到空中。

托瑞克一跃而起。

"听！"贝尔小声说，"湖那边有动静！"

托瑞克侧耳倾听，听到了湖水轻流，接着是拖拉的声音，像是从湖里头拖出什么东西来。再来是嘎吱嘎吱、摇晃不稳的脚步声。

他们紧紧握住刀子，爬着穿过树林。

就在那里，在他们下方二十步远一丛阴暗的杨树林，有个东西在动。

当那个东西摇摇晃晃地整个走出来，托瑞克感觉到贝尔紧紧抓着他的手臂。那东西的身上，以及飘扬的发丝，到处插着野草。

贝尔转身面对托瑞克，嘴唇血色尽失。"那是什么？"

托瑞克朝着那个东西软软垂在身侧的苍白手臂看了一眼，其中一个手腕上套着那个花楸腕带。他站起身来："是芮恩！"

第三十五节

芮恩看见他们朝她跑来，大喊着她的名字，她的膝盖一软，跪了下来。贝尔攀住她的肩膀，托瑞克接下她的箭袋和弓。

"就快来了！"她喘着气，突然一阵急咳，吐出湿软带土的湖水。

"你刚才去了什么地方？"贝尔问。

她想回答，可是接着又咳了一阵，完全没时间解释之前她经历的可怕时刻，预见到的即将危害所有人的灾难；更没时间说起她刚才如何着急地前去警告氏族，结果那艘船竟极尽所能地阻挠她：旋转、倾斜，最后还让她从船上跌进水里。此刻，贝尔跪在她的身旁，浑然不知大难临头，而托瑞克还拿着一把青草帮她把弓弄干，完全不敢看她。

"你现在安全了。"贝尔说。

"没有人是安全的！"她用力抓住他的手臂，"听我说！**洪水就要来了！**"他们呆呆望着她看。

"是冰河。"她大口喘着气，"整个春天，融雪的水始终不退！而那便是冰墙之所以这么蓝，湖水之所以持续下沉的原因！"她再次停下来咳嗽。"我一直看到成双成对的东西，两个湖，你们懂了吗？这个湖——加上在**冰后面的那一个**！舍丝露偷走了圣土，她让这个湖生病。现在暴风雨就要来了，"世界灵"即将粉碎冰墙！洪水会卷走我们所有人！"

她转向托瑞克。"不管你是怎么看待我，你都一定要相信我！你一定要去警告水獭族！带他们进到山里，否则他们就再没机会了！"

托瑞克放下了她的弓，仍然没看她的眼睛。"还不只水獭族。"

"你这话什么意思？"她说。

"西岸上有营火。"贝尔说，"我们猜那应该是野猪族，来追捕托瑞克的，也许还有其他氏族。"

芮恩咬着指关节。"乌鸦族。芬·肯丁一定会来找我，他们全都会被淹死的。"

托瑞克对贝尔说："我们乘皮船去，到他们那里，这是最快的法子。"

贝尔点点头。"可是我们不能三个全去，这样会让速度减慢，加上芮恩根本不会划船。"

"会，我会！"芮恩大声喊道。

"不行，你不行。"贝尔说，然后转向托瑞克，"这道坡还不算太陡，我可以和她一起爬到高地，在那里我们会很安全的。你乘小船过去，由你来警告他们。"

"我？划你的船？你从来不让别人——"

"托瑞克。"贝尔打断他的话，"这是你的机会，让大家知道你绝对不是个食魂者。"

"如果他们没先对着他射箭，那或许有可能。"芮恩插口说。

托瑞克没理她。

眨眼间，贝尔已将船拉进水中，托瑞克也已准备就绪。但突然间，他跳下船，往回跑到芮恩面前。他卸下他的刀鞘，塞进她的手里。"收好它。"他小声说。

"可这是你的，你要用啊！"

"没时间解释了，贝尔会说给你听的。"他越过肩膀，接着又说，"她正在找我，以及这块火焰蛋白石，她绝对无法同时拿到两个！"

就在托瑞克划着小船快速通过水面时，"世界灵"让白天渐渐成了黄昏。雷声轰轰，空气里满是不祥的预兆，洪水时时刻刻都有可能到来。

他在心中，看见森林里和湖泊中飞奔逃命的动物。麋鹿、鹿、马，全都拼命地往山上跑；海狸和水獭在惊惶中极尽所能地爬上斜坡；松鼠和貂寻找最壮硕的橡树避难；就连鱼群也都躲到湖底深处。

那狼群呢？这肯定就是它们匆匆离开岛屿的原因，因为它们感觉得出就快有事要发生了。托瑞克希望它们已把幼狼带到够高的地方，也希望狼有跟它们在一起。

东方的天空，涌起大片暴风的雨云。只一会儿间，闪电划开冰河，释出冰河后方大水的震怒。托瑞克脑中浮现出洪水吞噬整座湖泊的画面：大小岛屿尽皆摧毁，水獭族营地，以及小径上的一切，全数被冲刷不见。

风势愈来愈强，他始终努力地划着船。当他到达西岸，把船驶进斧柄河靠南那一带时，他几乎已没多余体力。没有船只和人的踪影，只有被风夷平的芦苇丛。

他把皮船留在岸上，悄悄走进山脚附近的灌木林里。树木低声吟叫，警告他赶快回去。就他所知，这整片山坡很可能到处都是埋伏的猎人，正密切注意他的行踪，而他就只带着他的斧头，要应付弓箭和鱼叉根本没多大用处。

他累坏了，才一会儿就不得不停下来喘息。他才正在想接下来该走哪一条路，就在这时，不知什么从杜松林里一跃而出，将他压倒在地。

狼终于找到"无尾高个子"了！

就这么一扑，之前离开狼群的悲伤全部都被赶跑了，然后他就压在他狼兄弟的脸上又舔又嗅的。

我不能离开你！他对"无尾高个子"这么说，**现在我回来了，我再也不会离开你，就像你讲的那样**！

可是"无尾高个子"却只匆匆地问候了他一下，狼捕捉到他的心情，他在他狼兄弟身上闻到"蛇舌"的味道，感觉到巨大的忧虑与危险。**要我做什么吗？**他问。

去找乌鸦。"无尾高个子"回答。

那让狼十分火大。**为什么要找它们?**

不是的。"无尾高个子"说,**不是那两只鸟!是闻起来像乌鸦的狼群,去找他们的带头狼!**

狼这下明白了,他用鼻子抵了他的狼兄弟一下,表示他知道了,接着便飞快地穿过树林。

无尾的营帐距离这里只有几个大步,他很快就来到蕨丛边缘,偷偷摸摸地、用着很轻的脚步,前去寻找他们的带头狼。

营区内怒气冲天,狼听到咆哮声不时从野猪、狼,以及乌鸦群中冒出来,不久他就捕捉到了乌鸦带头狼那平静、坚决的语调。这个无尾从不大声吼叫,他不需要,所有的人都非常尊敬他。

狼小心地放下脚掌,爬得更靠近些。

狗群很不安分,不过在路上的时候,狼曾经在野牛大便里打滚,所以他靠近时不会被闻出气味。当他爬得够远了,便趴下来静静等待。

很快地,乌鸦的带头狼感觉到他的注视,发现了他。

啊!他真精明!就像一般的狼那样,他先是让自己的目光和狼的目光打了个照面,再来他就移开目光,这样才不会引起别人注意。过了一会儿,他离开营区:态度相当平静,所以没有引起怀疑。

狼知道他跟上来之后,立刻动身去找"无尾高个子"。

当托瑞克瞄到芬·肯丁大步穿过柳草走来,他想都没想过要躲。他起身,往外站到空旷的地方。乌鸦族领袖一见到他,脸色一亮,托瑞克的心立刻纠结在一起,原来他是这么地想念芬·肯丁,连他自己都不知道。

"托瑞克!"芬·肯丁紧抓住他的肩膀,并且往身后瞄了一眼。"走,我们离营地太近了,而且阿奇在到处找你。"

狼跟在后面小步快跑,他们走进一丛被风吹得摇来晃去的灌木

林。乌鸦族领袖张着锐利的目光，仔细看着托瑞克的脸，接着看到他胸口上的伤疤。"芮恩在哪里？"

"和贝尔一起在北岸，平安无事。芬·肯丁，你一定要听我说！"他尽可能简洁地告诉乌鸦族领袖这场即将来临的洪水，芬·肯丁听他说下去，没多问什么，也没打断他的话。

"你一定要赶快带氏族往高处走。"托瑞克说，"立刻！洪水随时可能会来！"乌鸦族领袖的表情还是和以前一样深不可测，不过托瑞克从他闪动的目光知道，他的思绪正在飞奔。他说，"所有人都在营地，议论着该怎么猎捕你才好。这个理由刚好可以说服他们离开。"

"我有一艘皮船。"托瑞克说，"我到水獭族的营地去警告他们。"

"不行！他们会先射杀你，你根本没机会说话。"

"可是总得有个人去。"

"我来就行了。"

"那氏族呢？"

"我会带他们到猪背山那里。"他朝着两人身后的山脉轻轻摆了摆头。"你也上到那里，尽可能快。想办法到南边那一带，那里人很少。"

托瑞克点点头，可是就在他正准备要走，芬·肯丁拦下了他。"蛇族巫师在哪里？"

"我不知道，在北边的山上吧！我猜！"

芬·肯丁脸色沉了下来。"她和你之间的事还没了结，我深知她这个人，托瑞克，千万不要低估她，千万不要忘记，她很可能出乎意外地近在你身边。"

托瑞克一直没跟他提起火焰蛋白石的事，现在也还不打算提，但是就在乌鸦族领袖转身时，他说："芬·肯丁，你原本不必到这儿来身陷险境，这全都是因为我，我很抱歉。"

乌鸦族领袖的脸上掠过一丝阴影。"我将你驱逐，该说抱歉的人不是你。"他碰了碰托瑞克的手臂，"爬得愈高愈好，快去吧！"

托瑞克耳边充斥着尖锐的风声，这时的他正奋力爬坡，狼快跑在他前头。森林有如夜晚般漆黑，树木劈啪作响，低声哀鸣。

爬到一半时，他不得不停下来，抱着身子，胸口剧烈起伏。他一个踉跄倒在一棵松树上，叫狼先走。

狼犹豫不定。

一道闪电划过，他的正上方发出轰轰的巨雷声。雨水打在叶子上，才一会儿，便哗啦啦下起倾盆大雨。

托瑞克看见瑞和蕊窝在橡树里避雨，对了，爬树。时间紧迫，说不定森林会保护他。

快走！他再次对狼说，狼——由于感应到他的打算——随即转身，朝着安全的地方快跑。

远远的，托瑞克听到一种深沉的回音自雷响后方传来。那轰隆隆的回音，他以前曾经听过，是在极北的时候，那是冰面破裂的轰隆巨响。

他急急忙忙爬上橡树，一个失足，倒头栽在泥地里。闪电亮晃晃地打在他手旁一枚脚印上，他身后突然有根树枝啪的一声断裂，他立刻往旁边一个翻身，阿奇的斧头砰然落下，砍进树根，他的头刚才就倒在那里。

"终于逮到你了！"野猪族男孩狂吼了一声，他伸出没受伤的那只手臂，想将那把砍进树根里的斧头抽出来。

"阿奇，你疯了？"托瑞克在风中大声叫喊，"洪水就快来了！我们得赶快爬到树上去！"

"我说过我会逮到你，我就一定会做到！"阿奇嘶吼着说。

又一阵闪电，又一阵雷响，冰河轰隆隆地越过湖面。

247

就在托瑞克挣扎起身之时，他发现驱使阿奇这么做的并非仇恨，而是恐惧，恐惧自己会辜负父亲的期望，绝无任何理由可以阻止。他继续抽拉斧头，托瑞克径自爬上橡树，朝着离地面最低的枝干跳去。走投无路的景况给了他力量，他一下子就到了离地面十步远的地方。

"阿奇！"他放声大喊，"别管斧头了！快爬上来！"

又是一声冰河的轰响。突然间，阿奇放开斧柄，爬上橡树，但是他的身形比托瑞克魁梧，始终到不了离地面最低的枝干。

"抓住我的手！"托瑞克尽可能把身子弯低。

还弯得不够，而且阿奇没办法单用一只手爬树。

在雨中，托瑞克看见这个野猪族男孩的右手，用布条绑在胸前。这只手，就是他——托瑞克——把阿奇推进湍流时弄伤的那只手。

托瑞克突地一吼，从树上跳下，双手抱住树干，成了个踏梯。

"快！爬上去！"

阿奇吓呆了，接着他把脚放在托瑞克的手上，托瑞克用尽最后一丝力气撑住了他，让他爬上了树。

轰声再次出现，但这次的声音并非来自冰河，托瑞克很清楚，这是洪水。他远远地看到，一座巨大的水墙，排山倒海越过湖面而来，冲走所有岛屿，拔起所有树木，眼下正朝着他的方向奔来。

阿奇大叫一声，弯下身子把手伸向托瑞克，但这会儿换成托瑞克爬不上去了，而且他根本就不打算这么做。

就在洪水濒临的那一刹那，他看见狼朝着他飞奔而来。托瑞克摇摇晃晃地走向他，张开双手，抱住了他狼兄弟的脖子……

大水同时带走了他们两个。

第三十六节

托瑞克仰面平躺，雨水打上他的脸，他这才恢复了知觉。

在他上方，有条死鱼挂在桦树上。暴风雨已经走了，洪水把他冲到一座山坡的石地上，放眼可见残破的小树。没见到狼的影踪，托瑞克在心里祈祷，希望他已去了安全的地方。

他用一只手肘撑起身子，一身瘀伤，模样惨不忍睹，不过其他倒是没什么大碍。

此外他还被重重包围。

在一排又一排的鱼叉后方——在一支支瞄准着他的鱼叉后方——他看见一大群野猪族、狼族、乌鸦族人，大约多达八十人。其中有些人他认识：陶尔、洛特、莫西刚，可是他们全盯着他看，脸上的神色仿佛他们并不认识他。说他们是人，可他们卑劣、害怕，迫切地渴望杀戮。

一支箭飒地插在他大腿旁边的泥地上，他站起身，孤身一人，手无寸铁。洪水冲走了他的斧头。

接着他看到狼站在他们身后的山坡上，准备随时跳下来帮他。

别待在这里！托瑞克发出一声吠叫，**太多了！**

狼一动不动。

一阵激动的低语，他们不喜欢听到他说狼语。

一颗石子打中他的太阳穴，他努力地保持站立，如果他立刻蹲下，一切很快就会结束。

"不许扔石头。"一个熟悉的声音说，鱼叉分开来，挪出中间一条路让芬·肯丁通过。他沉重地拄着他的手杖，走到托瑞克面前，然后面向人群，用自己的身躯护卫着他。

"站到旁边去，芬·肯丁！"野猪族领袖大喊着说，"是我发现这个放逐者！将他杀死的这个荣耀应该归我所有！"

"不可以！"阿奇推开人群冲到前面，"你不可以这么做！他救了我的命！"

野猪族领袖转身面对他的儿子，阿奇很害怕，但他决心坚持下去。"他原本可以逃命的，可是他却反过来帮我！父亲，你不可以杀他，这样做是不对的！"

"不对？"野猪族领袖一拳打得他儿子凌空飞起。"他是放逐者，法律就是这么规定的！"

"你怎能这么说？"贝尔放声大吼，用双肩退开人群走了出来。"托瑞克救了你们大家！"

"他警告你们洪水就快来了！"芮恩在他身后喘着气说，她一身褴褛，愤怒激动。"如果不是托瑞克，你们早就全淹死了，没一个能活命！"

"别听她的！"一个水獭族男子大声地说，托瑞克的视线也就只看得见他。"这一切全都是他害的！就是这个放逐者激怒湖泊，是他带来洪水！"

"不，由勒。"芬·肯丁说，"不是托瑞克，是蛇族巫师。"

"蛇族巫师？"野猪族领袖不以为然地冷笑说，"照你这么说，那她人在哪儿呀？倒是这里就有个食魂者！"他猛地将鱼叉指向托瑞克。

"他不是食魂者。"芬·肯丁说，"他已经把标记切除了，你们大家都看得到那道伤疤。"

但是野猪族领袖有众人支持他，他于是大起胆子。"他是个放逐者！按照法律，他就得死！"

"可见这个法律是该修改了！"乌鸦族领袖反驳。

"为什么？就因为你说要改所以就要改？"

"因为这才是正确的做法。"

"他是个食魂者，也是个放逐者——"

"他是我的养子！"芬·肯丁放声大吼。

停在树上的乌鸦飞了起来，人群向后退缩。

野猪族领袖焦急地舔了舔嘴唇。"这是什么时候的事？"

"就从现在开始。"乌鸦族领袖厉声回说。

"芬·肯丁。"芮恩大声叫他,"接住!"她将托瑞克的刀子丢给他,芬·肯丁一把接住,随即让刀刃划过他的上臂,挤出几滴鲜血。他抓住托瑞克的手腕,做了同样的事,然后他们双手紧扣,乌鸦族领袖高声念出收养的誓言,接着他转身面向人群,湛蓝的眼里熠熠生辉。"如果他仍然是个放逐者,那么我也该遭到放逐!杀他——那么你们也就得杀我!"

野猪族领袖紧握着鱼叉,不敢轻举妄动。

没人敢多吭一声。

但是托瑞克感觉得到,即便是乌鸦族领袖,也压制不了他们太久。他看见他们污秽的脸上充满暴力,他们抓着斧头、握着鱼叉的力量,仿佛可以一切不顾。他们才刚死里逃生,他们需要找个人让他们把一切归咎到那人身上。如果芬·肯丁不让他们照着意思做——又或是贝尔、芮恩——那他们恐怕会引来杀机。

托瑞克从乌鸦族领袖手中取回他的刀,平静地说:"我不要你用血沾我的手。"

野猪族领袖嘲弄托瑞克。"还不快躲到你养父后面去?"

"芬·肯丁。"托瑞克厉声要求,"我要自己面对他们。"

乌鸦族领袖勉为其难地走到旁边。

"你现在胆子跑哪儿去啦,放逐者?"野猪族领袖揶揄他。

"就在这儿。"托瑞克说。

终于与他们正面相对,只是没想到,他竟感到出奇的轻松。"不再躲躲藏藏了,我厌倦了!"他一边高声大喊,一边沿着围着他的鱼叉绕走,"我人就在这里!想杀我的就杀吧!有谁在乎我是不是真的该杀?有谁在乎这会不会正好称了食魂者的意?橡树族巫师、鹰鹞族巫师、蛇族巫师,他们都还在!杀了我,你们根本什么都没解决!"

"少来这套。"野猪族领袖啐了一口,"别听他的,他是食魂者!"

"那是之前,我现在并不是。"托瑞克怒声斥喝,"那全是他们逼我，并非我愿意的。"他一拳击在伤疤上。"我切除了他们刺上的标记，用的就是这个！"他挥出他的刀子，悄悄瞄了芮恩一眼，她的嘴唇微张，心里猜着他打算做的事。

"我父亲在他临死前，给了我这把刀！"托瑞克对大家说，"这也正是何以我选择使用这把刀的缘由。为的就是向你们证明，从今以后我再也不是食魂者！"

他开始解开缠在刀柄上的头带，耳边传来一阵低语。最后一层松开了，他丢开鹿皮带，将刀柄一斜，里头那可怕的重物立刻落入他的掌中。火焰蛋白石冰冷红艳的光芒骤然迸裂而出。

野猪族领袖张开嘴巴大喘着气。

芬·肯丁收紧了挂在手杖上的手。

恐惧与敬畏出现在每一个人脸上。

"火焰蛋白石。"托瑞克一边说，一边高高举起给大家看，"是食魂者力量的核心，是我父亲将它粉碎之后仅剩的最后一块。**我父亲！**"他愤怒地望向莫西刚，"他奋力对抗食魂者，打散他们的力量！如今，这碎片来到**我的手中！**"

一声轻柔的嗓音说："把东西交给我。"

托瑞克转身看去。

蛇族巫师站在他上方的山峰上，距离那一圈围拢的鱼叉大约二十步远。她的脸和四肢全涂上水獭族的圣土，她静静地凝视站在下方的他们：冷酷、唯我独尊。

人群顿时一阵颤动。"**食魂者⋯⋯蛇族巫师来了⋯⋯**"

"退后。"舍丝露伸出绿色的手，以食指扫过他们，警告地说，"谁想动我，谁就等着死路一条。"

正因食魂者这股力量，正因蛇族巫师令人这般惊恐，在场没一个人敢多动一下。

"把东西给我。"她对托瑞克说，宠溺的声音，表示她只对托瑞克一个人说话。

他抗拒着不去看她那张完美的绿脸。

突然间他瞥见一个影子。在蛇族巫师后方不远，狼站在那里目视一切。托瑞克默不作声地警告他退后，食魂者力量太强，即便是狼，也难以应付。

"把东西给我。"舍丝露又说了一次。

托瑞克难以抗拒地与她四目交接。他忘记了鱼叉，忘记贝尔和芮恩、芬·肯丁和狼。在这荒山野岭，唯一存在的只有蛇族巫师，以及火焰蛋白石，热热的、沉重地握在他手中。

"我会的！"终于他开口了，"我会把东西交给你的！"

大家惊讶地倒抽了口气。

托瑞克屈着身子，把火焰蛋白石放在他和蛇族巫师之间一块大圆石上。"拿去吧！"他说，"东西是你的了。"

舍丝露黑唇微张，露出胜利的微笑。

托瑞克依旧屈着身子，趁势抓了一块花岗石握在手中。他把石块高高举起，蛇族巫师惊恐万分地睁大双眼。就在她抽出刀，跳向他的时候，他放声一吼："拿去！拿这块火焰蛋白石去吧！"他看见芮恩搭箭上弓，对准她的母亲；贝尔急急抢下她的武器，拿起弓箭准备发射；托瑞克拿起花岗石用力一击，敲得火焰蛋白石四分五裂。就在这时，他看见舍丝露发出一声凄厉的尖叫，倒了下来，胸口正正插着一支箭。

寂静在群山之间反复回响。

托瑞克看着贝尔，手中握着的花岗石掉了下来。海豹族男孩站在那儿喘息不止，手中握着芮恩的弓。

火焰蛋白石尚未死灭，鲜红的碎片犹在泥地中闪闪发光。

蛇族巫师尚未死灭，她伸手去拿碎片，蠕动挣扎，像是条被切成两半的蛇。

芮恩冲过人群，和着一把泥土挖出那些火焰蛋白石的碎片，使劲塞进舍丝露的掌中，硬是让那只绿手握拳包住碎片，然后她用托瑞克丢掉的头带，紧紧缠住她的手，轻轻地说："好了。你终于得到你想要的东西了！就让火焰蛋白石陪你一起死吧！"

舍丝露凝望着流淌在指间的红光，露出牙齿："事情——绝不会就这么结束的。"她轻声地说。鲜血从她口中流出，她的目光变得呆滞无神。就在她的灵魂离开身躯之时，指间的红光微微一闪，继而死灭。

芬·肯丁严肃地举起他的手杖，郑重宣布："食魂者已死，在场众人共同见证，这名放逐者从今以后**再也不是**放逐者！"

犹豫片刻后，莫西刚弯身表示同意。

跟着是野猪族领袖。

再来是代表水獭族的由勒。

再来是其他众人。

芮恩仍旧跪在蛇族巫师旁边，看着雨水渐渐冲淡她流淌在泥地上的血迹。

她离她的尸身太近了，托瑞克心想，蛇族巫师的灵魂一定还停留在附近。

他迅速拿起芮恩的药罐，倒了些大地之血在掌上，然后他抓住她的手，确定她还戴着指套，便握着她的食指去沾红土，帮她在她母亲的额头、心脏、脚跟上面画上死亡面具，然后温柔地将她带离这具尸体。

人群之间划出一条路让什么东西通过。

狼咆哮着，颈毛直竖，嘴巴向后咧开。他直直走向尸体，追踪着某个没人看得见的东西。

下雨了，托瑞克看见他的狼兄弟猛然一跳，扑向一团空气，然后他快步跑进森林，驱赶着蛇族巫师的灵魂，以免她靠近生灵。

第三十七节

狼群自己离开了，狼知道这是必然的，不过还是很难过。

成年狼整齐地踩在带头狼的脚掌印上行走，但是幼狼却推推挤挤的，不时扑向一块块好玩的苔藓。

"挖挖"和"劈啪"发现狼没跟上来，紧张地往回跑，想带他过来。**走吧！别落后了！**

狼哀怨地摇了摇尾巴。

带头雌狼把幼狼集合起来，接着它们就跟在它后面小步快跑，不时困惑地回头张望。

"深色"是最后一个离开的。它越过肩膀，仍带着希望往后扫视，然后它也不见了。

狼猛地一跳，清醒过来。他躺在泥地上，觉得悲伤压得他好难受。狼群已经离开了。

树林间传来无尾们起床后开始活动的声音，狼沿着山坡慢慢走上去，嗅寻各种气味。

在洪水乱吼乱叫地冲过去后，所有东西都不一样了。雷声走了，湖泊恢复平静，不过它长大了些，而且树上居然有鱼，这实在很怪。隐形人很安静，因为他们有自己的岛；无尾们不但不再追捕"无尾高个子"，而且还欢迎他回去。狼不明白这是为什么。

"无尾高个子"也变得不一样了。经过好些天之后，他的气味有些转变，嗓声也变得低沉许多。这一点狼倒是明白。无尾的幼狼跟狼的幼狼不一样，他们要经过很长一段时间才会长大，不过终究，他们是会长大的。"无尾高个子"现在已差不多成年了。

此刻，他正在营帐里和其他无尾在一起，享受他那仿佛没有尽头的睡眠。狼好希望他醒过来，感觉到他的狼兄弟正需要他。

可是他没有过来。

"该回去了！"芬·肯丁说，芮恩坐在疗愈之泉上方一块岩石上，点了点头，却没行动。

附近，水獭族人正忙着把脸上的圣土洗掉，让圣土回到湖里。贝尔站在山崖边，想什么想得出神，托瑞克则在羊齿丛中找他的名字石头。

芮恩很想帮忙，可是她提不起勇气。自从托瑞克发现她的母亲是谁，就一直都没好好跟她说过话。芮恩不确定他们是不是已经恢复如昔，还是说，他们之间已经不再像从前。

水獭族人在天还没亮时，就已搭着他们的芦苇船来到这里。原来他们根本不需要别人警告洪水的事，他们的巫师已经从征兆里看出来，并且带他们躲到安全的地方。正因如此，他们才会派由勒前去森林氏族的营地，目的就是警告他们。

当芬·肯丁告诉他们蛇族巫师的事情时，水獭族人也好像一点都不意外。在接受毁灭他们营地的洪水的同时，他们也接受了这件事情。再来他们就默默接下了葬礼仪式的责任。

他们把尸体扛到北岸一个偏远的湖湾，清洗一番后，便放上死亡平台，盖上杜松枝，以免它行走。接着他们带领众人来到泉水这里，净化自己。他们客气却坚持地要芮恩离远一点，因为她在尸体上画下死亡面具，要等三天过后，她才恢复洁净。她无所谓，这是个解脱，她这么告诉自己。

"她没留下一点踪迹。"托瑞克说，要她跳过来。

他站在她身后一块大圆石上，芮恩被阳光照得看不见他的脸。

"你还没找到名字石头吗？"她问。

他摇了摇头。"我该怎么做才好呢？"

她注意到托瑞克说的是我，而不是我们，她不确定那是不是意味着什么。她开口大声说："我们去问莎恩，她一定知道。"

乌鸦族巫师还留在他们驻扎在猪背山上的新营地，虽然芮恩怎么也不肯承认，但她一知道她在那里，一颗心立刻安稳下来。如果有必要施行巫术的话，莎恩一定会愿意的。

托瑞克望着湖面。"我只找到她装蛇的竹篮，空空的什么都没有。"他停了一下，"它们感觉不到邪恶，那些蛇；也许它们会高兴自己得到自由。"

芮恩摘下一片羊齿叶，撕成一片又一片。

为什么你就是说不出口呢？她这么想着，托瑞克，我很抱歉我一直没告诉你。可是这不会改变什么的，对不对？没什么差别，对吧？

但是托瑞克小声含糊地说，要去帮贝尔找皮船的残骸，说完就走，她错失了她的大好机会。

芬·肯丁走过来，在她身旁坐下。

芮恩说："他知道蛇族巫师的事了。我是指，和我的关系。"

"嗯！他跟我说了。"

"是吗？那他说了什么？"

"就只说他知道了。"

她把羊齿叶揉成一团，往空中一扔。

芬·肯丁问她还有谁知道这事，她说只有贝尔。芬·肯丁说，虽然蛇族巫师涂上了绿土，但他觉得乌鸦族里几个年纪较大的人可能认出她来了。他觉得芮恩应该在事情水落石出之后，坦白跟大家说。她说她会的。

芬·肯丁说："你很难过她的死吗？"

"没有——我不知道。"她沉下脸来，"我恨她恨了这么久，现在她走了，多少会觉得有点不好受。"

他点了点头。

他看起来很疲倦，她看见他暗红的胡子里杂着几根灰须，眼角边上有好几道皱纹。突然她觉得好怕，她知道他老了。虽然有的人还没到他这个年纪就死了，可是他是芬·肯丁，他不能死。

"为什么所有事情就是不能保持不变呢？"她放声大喊。

芬·肯丁的目光随着一只豆娘飞快掠过水面。"因为事情本来就是这样！所有事情都会变，向来如此。通常，你根本不会发现。"他转向她，"要记住的是，芮恩，所有事并非每一件都是不好的事。"

她哽咽地抽搐着。

芬·肯丁说："之前托瑞克是放逐者，可现在他不是了。那样的改变就是件好事，只是他得需要一点时间才能适应。"他撑着手杖，让自己站起来，"我们现在就回去吧！你累坏了。"

"没有，我不累。"她撒谎地说。

他轻轻哼了一声。"你上次像样的吃饭，是什么时候的事？"

那天晚上，氏族举行盛宴，为自己在洪水中大难不死奉上感谢。

鱼群已不可思议地回到湖里，虽然水獭族因为担心会把好运赶走，而不敢高谈阔论这个奇迹，不过当他们忙成一团准备盛宴时，仍可看出他们的心情非常愉快。

托瑞克和贝尔也和其他人一样，都得过去帮忙，可芮恩不能去，因为她不洁净。她在营地附近走来走去，尽量不让自己看起来很多余，于是她前去找狼。她没找到，可是她明明听见狼的嗥叫，他的声音听起来充满悲伤。她猜他是在想狼群，于是她决定带个好东西给他，让他开心一下。

盛宴正式开始之前，每样东西的精华都被摆进一艘芦苇船中，送去奉献给湖泊；然后所有人这才坐下来开始吃。这天晚上凉凉的，很静，他们围坐在长形营火四周：水獭族和野猪族，狼族和乌鸦族。所有人都到了，唯独芮恩，坐在营地边角另外为她生起的小火旁边。

她没想到食物会这么丰盛，芬·肯丁说得没错，她简直饿坏了。炖煮麋鹿肉、用杨树木火烤出的鲜美多汁的太阳鱼、烘烤鳟鱼下巴、用芦苇花粉加上甜美黏稠的芦苇胶片做成的香酥金黄糕饼，还有最浓郁、味道最重的刺鱼油脂，这是水獭族人逃离营地时及时带出来的。芮恩一直尽量不去看，但她还是看见托瑞克——因为从没吃过这么好吃的东西——在吃了第一口之后，拼命地在保持表情的平衡。

他和氏族领袖一起坐在上位，因为受人注目而显得不太自在。芮恩看到他难为情地摸着额头上的放逐者标记；或许他是真没看到她，或许他是故意不去看她。无论如何，她都告诉自己别想太多。

托瑞克再过去一点就是贝尔的座位。他看到芮恩在看他，原本一脸想笑的表情，可后来却克制没笑。他们始终没好好就他之前的行为谈一谈，她猜他大概是不清楚她在想什么。她对他笑了笑，他的表情看来轻松不少。

吃完之后，水獭族把那些小得无法再使用的鱼骨集中起来，放进湖里，这样它们就可以重生，再次长成小鱼。接着水獭族的双胞胎巫师双双站起来，开始吟唱。

宛如一道银溪落入清水潭中，他们的歌声戛然而止，徒留聆听的静默。芮恩的脑中浮现一片黑暗，那是世界都还全是水的太初之始。接着一只潜鸟冲进湖底，叼起一小块泥巴衔在嘴里，飞回湖面——与大地结合。

现在他们唱起另一首歌，这次，芮恩看到偷取圣土、导致湖泊生病的毒蛇。湖泊请求"世界灵"帮忙，"世界灵"释出冰面后方的大水，冲走邪恶，而森林子民若没有得到没有氏族的浪人警告，原本也将被一起带走；之后，来自海豹族的那个男孩将毒蛇杀死，一切归于平静。

吟唱一结束，每个人都向托瑞克行礼，他立刻满脸通红。野猪族领袖的这个礼行得很不情愿，但阿奇倒是真心真意。勇于面对父亲，让他懂得尊重自己，他因此变得和蔼许多。莫西刚和狼族是所有人当中，行礼行得最彻底的。

直到这时，天已差不多快亮了，当然，芮恩想，盛宴一定不久就要结束，吃了东西的她勇气更加雄厚，她决定直接走到托瑞克面前，把该说的话都说出来。

不过这会儿，水獭族领袖正在发送礼物，所以她还是得等一等。

贝尔得到一支潜鸟爪护身符。这表示，他将会像这种最精于水性的鸟一样，自在地浮于水面。

托瑞克得到的是一个腕套，是将狗鱼下巴包在麋鹿皮里面做成的，这表示，他将会和狗鱼一样，成为技艺精良的猎人。他的刀子已经修好了，原本放置火焰蛋白石的小洞，现在放进了一块绿石，大小切得刚好可以放进洞里。

就在芮恩觉得自己被忘记的时候，由勒走过来，放了个东西在她脚边。他弯身行礼，轻声向她道谢，因为她也出力帮忙拯救他心爱的湖泊。他送的礼物是把小刀，用海狸牙齿做的，刀柄还刻成鱼尾巴的形状。

天亮了，大家终于各自离开去睡觉，托瑞克突然出现在前方，朝着她走过来。

芮恩忘了腿上还放着碗和汤匙，一站起来，碗和汤匙立刻散落在地。

托瑞克帮她捡拾，不知所措地对她点了个头。"芮恩……"

"什么事？"她说，声音之急迫完全出乎她的意料之外。

"啊！托瑞克！"芬·肯丁边说边走向他们。

芮恩这辈子就这一次，看到叔叔竟完全高兴不起来。

"跟我来。"乌鸦族领袖一派镇定地说，"我们还有些事得去处理。"

托瑞克嘴巴才张开，旋即又闭了起来。

"我们要去哪里？"芮恩问。

芬·肯丁朝她打了个手势示意她回去。"不，芮恩。"他柔声说，"就只托瑞克来，这事和你无关。"

托瑞克匆匆瞄了她一眼，眼神不知想诉说什么，然后，他就跟着乌鸦族领袖走进森林。

第
三
十
八
节

托瑞克耐着焦躁的性子，跟在芬·肯丁后面。

既然他已不再是放逐者，他原本以为他、芮恩和狼，应该就又可以聚在一起，可是他可能想错了。洪水之后，狼始终没到营地这儿来；和芮恩始终隔着一层有口难言的尴尬。

现在，芬·肯丁又什么都不跟他说，就带他走上一条麋鹿的路径。他拄着手杖走得很快，肩上挂着一只鹿皮小袋。

才走了一会儿，芬·肯丁就停下脚步。他把小袋子放在一棵榛树下，叫托瑞克躺下来。

托瑞克问他为什么。

"我得处理你的图腾，你总不能一辈子都带着放逐者的标记。"

托瑞克原本还纳闷着，不过这下他明白了。"你打算切除它吗？"

"不。"芬·肯丁说，"躺下。"

托瑞克仰天躺下，看着乌鸦族领袖从袋子里拿出一支骨针、一支鹿角做的刺青小槌、一块磨石、一捆鹿皮。鹿皮解开，里头有一团团的大地之血、白石膏和绿色的石灰华。

"我让贝尔去找菘蓝了。"他说，仿佛这句话足以解释一切。"定住，别动。"

他把骨针安在槌子上，让托瑞克额上的皮肤在他拇指和其他指间撑开，接着开始飞快地下针，只偶尔停下来把血迹擦掉。图腾若要刺得好，下针一定要快。

一开始很痛，再来就只一点点痛。为了转移心思，托瑞克直直盯着榛树看。榛果都还是绿的，可是有只松鼠却忙着到处采集，并不时停下来，对着树下来人"却""却"地叫着。

过了一会儿，托瑞克把目光移到芬·肯丁身上。

他的养父。

他觉得好光荣、好高兴，却也感到迷惑不解。

"有些事我一直想不明白。"他说。

芬·肯丁没反应。

"在我第一次见到你的时候，就是你发现我父亲是谁的那个时候，你十分生气。在那之后，我有时候觉得你喜欢我，有时候又觉得你讨厌我。"

芬·肯丁把大地之血放在磨石上，拿了块花岗石碾磨。

"我知道你很气我父亲。"托瑞克小心翼翼地接着说，"可是我母亲……你不会也一样恨她吧？"

芬·肯丁继续碾磨，他说："不，我非常爱她。"

森林里回响着鸟鸣，蜜蜂在绣线菊丛中嗡嗡叫着。

"但是她对我的感情只是兄妹之情。"乌鸦族领袖接着又说，"她对你父亲的爱，才是女人深爱伴侣的感情。"

托瑞克吞了一口口水。"难道那——那就是你痛恨他的原因？"

芬·肯丁叹了口气。"长大可能也是一种灵魂的病，托瑞克。名字灵魂为了比任何东西都强，它会对抗告诉他什么该做什么不该做的氏族灵魂。你必须设法保持平衡，就像一把好的刀子一样，这花了我好些时间。"他用鹿皮袋的袋角沾了些大地之血，抹在托瑞克的额头上。"我很久以前就不再嫉妒你父亲了，但是你母亲的死，我却无法不怪他，到现在还是一样。"

"为什么？"

"他加入了食魂者的行列。生你的时候，你母亲到处躲藏，远离自己的氏族。如果不是他让她身处险境，她说不定到现在都还活着。"

"他并不是有意害她身处险境的。"

"别想要我原谅他。"芬·肯丁警告地说，"我接纳你，是因为她。我收你做养子，也是因为她，还有你。什么都别再说了。"他拿了一团青苔清理磨石，然后将石灰华碾碎。

托瑞克盯着这个他敬爱的人，观察他的表情。"你从来都没找过女伴吗？"

267

芬·肯丁噘了噘嘴。“当然有，是个狼族女孩。只是过了一段时间之后，她说我们最好分手，因为我仍然会想起你的母亲，她说得没有错。”

一阵沉默。之后托瑞克说：“我母亲是个什么样的人？”

芬·肯丁绷紧了脸。“你父亲应该有提起过她才对。”

“没有，那会让他陷入悲伤。”

乌鸦族领袖安静了很长一段时间，然后才又说：“她对森林的了解无人能比。她深爱它，而它也爱她。”他和托瑞克四目交接，湛蓝的双眼闪闪发光。“你跟她非常像。”

托瑞克始料未及。从以前到现在，母亲对他而言，从来不曾有过什么真实的感觉，唯一有的只是个红鹿族女人的影子，而这女人为他做了个药罐——正式宣称他没有氏族。

芬·肯丁盯着榛树，目光却不在树上。接着他挺起肩膀，继续刚才的动作。“某方面来说，你被逐出之后，还能够死里逃生，是因为你母亲的缘故。那些帮助过你的动物，海狸、乌鸦、狼，还有整座森林，也许他们就是在你身上，看到了她的心灵。”

“可是她为什么要宣告我没有氏族呢？她为什么要那么做？”

芬·肯丁叹了口气。“我不知道，托瑞克，但是她很爱你，所以才——”

“这你又怎么知道？你先前连她有个儿子都不知道啊！”

“我了解她。”芬·肯丁静静地说，“她很爱你，所以她这么做一定是为了帮你。”

托瑞克还是无法明白，没有氏族到底能有什么帮助。

“也许。”芬·肯丁紧接着又说，“答案就在她的故乡，在你出生的地方。”

“森林深处。”

一缕轻风吹动树枝，他们点了点头表示认同。

“我什么时候去好呢？”托瑞克问。

"千万别去。"乌鸦族领袖一边说，一边磨着石膏，"森林深处各氏族之间还有纷争尚未解决，他们绝不可能让外人进去。而且这个时候，谁都不知道泰亚兹和欧丝特拉在什么地方，贸然进去那就傻了。"

贝尔穿过蕨丛走来，他递给芬·肯丁一个里头装有菘蓝的小角杯，一脸凝重。"我刚听到你在说食魂者的事，我想你在森林深处应该遇不到他们，我想他们应该是在群岛那边。"

托瑞克坐了起来。"什么？"

"芮恩之前曾经说，她说海豹族巫师手中，有一块火焰蛋白石的碎片，后来跟着他一起掉进大海。"他摇摇头，"我倒不这么觉得。他向来都把施咒用的物品放在一只海豹皮袋里，他死的时候，这个袋子并没带在身上。后来我们在烧他的帐篷时，也没见到这个袋子。"

"那可就麻烦了。"托瑞克不安地说。

"在你来群岛之前。"贝尔说，"那时他单单就只是我们的巫师。我们有时会在峭壁那边看到一道红光，那时我们并不知道那是什么，可现在我知道了。"

"火焰蛋白石。"托瑞克说。

"而且在我要来森林之前。"贝尔继续说，"我们那边有一阵子不太安宁——就在树林和营地四周，感觉好像是有什么人在翻寻什么东西。"

托瑞克想起蛇族巫师最后说的那句话，跟着他注意到芬·肯丁的表情，好像一点也不意外。

"想想看，托瑞克。"他一边替托瑞克敷上菘蓝一边说，"如果你父亲刀子里的那一块真是最后一块，找它的为什么只有蛇族巫师一个人？为什么泰亚兹和欧丝特拉没一起来呢？"

"所以我们根本白费力气了。"托瑞克大喊着说，"一切又要重来了！"

"不尽然。"芬·肯丁说，"一步一步来，记得吗？"

托瑞克原本想回什么，但是乌鸦族领袖开始收拾他的东西。"该回去了。"他的口气十分坚决，"还有托瑞克——我们暂时先别跟芮恩说火焰蛋白石这件事，她还有很多事得去想。"

他们回到营地时，芮恩正在等他们。她瞄了托瑞克额头一眼，点了点头。"啊！原来如此。"然后她转向芬·肯丁，"不过该白的地方还不够白，对吧？"

乌鸦族领袖耸了耸肩。"他的棕色肌肤颜色太深了，不过还是可以算数。"

"那是什么啊？"托瑞克问，"你做了什么？"

芬·肯丁握住他的手腕，将他的手举高，然后对着陆续围过来的众人说："在场各位共同见证。"他清朗地说，"这位是我的养子，过去曾是一名放逐者，但现在已不再是。他没有氏族，但是就从现在起，由于他所背负的标记，他将代表所有的氏族！"

各方传来耳语和微笑表示同意，托瑞克于是知道，无论乌鸦族领袖做了什么，他都已达到目的。

贝尔跟他解释。"他把放逐者标记的圆圈部分划成四格，每一格分别代表一个地区的氏族，然后他在空格里填上了颜色。白色代表冰地的氏族，红色代表高山的氏族，绿色代表森林的氏族，蓝色代表海洋的氏族。整个看起来很不错。"他露齿一笑："嗯！非常好。"

托瑞克欣然接受，这时瑞和蕊突然不知从哪儿冲了出来。蕊呱呱叫个不停，惹得狗群怒气冲冲，至于瑞——不知它嘴里衔着什么——不声不响地就把那东西往泥地一丢，差一点丢中贝尔。接着两只鸟双双离开，一边喧闹地呱呱乱叫，一边追着对方互翻筋斗。

贝尔捡起瑞丢下的东西，双眉一扬。"找到了。"他转而递给托瑞克。

是他的名字小石。他的"氏族图腾"仍然清晰可见，但没想到绿土蛇留在上头的斑迹竟已全数啄掉。

托瑞克和贝尔坐上一艘芦苇船，与由勒一起离开。他们来到湖泊深处，托瑞克从船侧丢下名字小石，看着它没入深绿色的湖水。

由勒心情很好。"湖水会永保它平安的。"

托瑞克也是这么想。最初，他是那么害怕这个湖，可他现在才明白，这个湖无所谓善或恶，它只是非常、非常的古老。

再次上岸后，贝尔和由勒离开去谈船的事情，托瑞克终于找到机会前去找芮恩。

他在岸边找到她，她正在替弓上油。他在她身旁坐下，但她始终没抬头看一眼。

过了一会儿她说："好多地方都湿透了，我想，这把弓恐怕会变形。"

他匆匆看了她一眼。"如果贝尔没有动手——你真的下得了手杀她吗？"

她在已经闪闪发亮的弓材上继续涂油，咬着牙说："对。当你在粉碎火焰蛋白石的时候，你打算奉献谁的生命给它？"

"我不知道。"托瑞克坦白地说，"我也不知道爸爸为什么要把这东西交给我。我想，他大概猜到，我总有一天会用到它。"

"问题是为什么还要留着它呢？他大可让它跟着其他东西一起毁灭的。"

托瑞克也有一样的疑问。他的脑海中浮现出火焰蛋白石惊世骇俗的美丽，也或许爸爸自己下不了手。

他转过身面对芮恩。"你母亲的事，你一直都知道？"

她的脖子不知不觉一片通红。"没有，是在爸爸死了之后，芬·肯丁才告诉我的。"

"所以你那时候是——七八岁大。"

"对。"

"那肯定很不好受。"

她生气地盯着托瑞克看，拒绝接受他的怜悯。

他铲了一把沙子，倒在手掌之间把玩。"事情是怎么发生的？我的意思是，她是怎么成为……"

芮恩紧抿嘴唇想了一会儿，接着把目光落在一双光脚之间的沙子上，像是想把毒汁吐干净似的，将事情和盘托出。"在她离开父亲，成为食魂者那时，她改掉了自己的名字。大家都以为她死了，只有我父亲知道她并没死。芬·肯丁叫他把她给忘了，他做不到。后来她偷偷回来找他，氏族一直都不知道。她需要一个孩子，一个婴儿，我哥哥年纪太大，无法满足她的——她的目的。于是她就又怀了一个，然后再次离开我父亲。她伤透了他的心，她根本无所谓。她偷偷生下我，莎恩找到她，把我从她手中带走，情形是怎样我也不知道。我那时候还很小，连名字都没有。"

"莎恩为什么要把你带走？"托瑞克问，"应该不会是同情这种原因。"

芮恩苦苦一笑。"当然不是。她只是要阻止蛇族巫师利用我……"她深吸一口气，"反正，后来莎恩就跟大家说，爸爸和森林深处的一个女人在一起，那女人死了，而她就是我的母亲，大家都相信了她的话。"她双拳紧握，"莎恩救了我，有时候我真恨她。我欠她太多了。"

托瑞克默不作声，过了一会儿才又说："为什么蛇族巫师会想要一个婴儿呢？"

芮恩支吾地说："这我以后再告诉你好吗？"

他点点头，让沙子在两手之间溜来溜去。"还有什么人知道吗？"

"就只芬·肯丁和莎恩。他说那是我的秘密，等我愿意的时候再跟人说。"她把弓放下，转身面对他。"我原本是打算告诉你的，我发誓！我真的非常抱歉我那时什么都没说！"

"我知道。"他说，"我也很抱歉，自己说出了那些话。那些并非我的真心话，你知道的，对吧？"

芮恩的表情有些激动，她把手肘放在膝上，把头埋在双手之中。她一声不吭，但是托瑞克从她的肩膀看出她承受的压力。

他笨拙地伸出手将她抱住。她反抗了一下，然后就放松下来，依靠着他。她觉得自己小小的，很温暖、充满力量。

"我没有哭。"她小声说。

"我知道。"

过了一会儿，她直起身子，用手背揩了揩鼻子，从他手臂底下钻出来。"你很幸运。"她吸着鼻子说，"你完全都不知道自己的母亲。"

"嗯！不过我记得我的狼妈妈。"

她又吸了一下鼻子。"它什么样子啊？"

"它的毛皮很柔软，舌头像热热的沙滩，有时候它的气息会带有腐肉的味道。"

芮恩笑了。

他们肩并肩坐着，凝视着湖面。托瑞克听到一只水鼠发出扑通一声，远方有只海狸正用力地甩尾巴，一只水獭浮出湖面看着他们，接着又潜回水里，后面冒出一堆气泡。

托瑞克看着这一切，心情振奋许多。只要狼能陪在他们身边，他一定什么都不怕。

像是在回答他似的，森林里传出一声悲伤的狼嗥。

托瑞克转过身，发出两声简短的吠叫。**我在这里！**

"可怜的狼。"芮恩说。

"是啊！他很想念他的狼群。"

"我想，他一定也很想念你。"

"那就来吧！"托瑞克将她一把拉起："我们去找他，逗他开心。"

他们没找到狼，倒是过了一会儿，狼在营地附近的一排松树下找到他们。

他无精打采地摇着尾巴，慢慢走过来，和托瑞克打招呼。他垂着耳朵，眼里见不到一点光彩。

托瑞克在他身旁蹲下来，温柔地搔着他的侧腹。

狼躺下来，口鼻放在两只脚掌之间。**我好想念狼群**，他跟托瑞克这么说。

我知道，托瑞克用狼语回答他。他想起狼是那么喜欢那些小狼，以及他对那只黑色母狼的款款深情。这一切狼全为他放弃了。

我是你的狼群，托瑞克说。

狼重重甩了一下尾巴，坐直身子，舔了舔托瑞克的鼻子。

托瑞克也舔着他，对着他的颈背轻轻吹气。**我永远都不会离开你。**

狼的尾巴忽左忽右地快速摇摆，眼中闪现一丝光亮。

芮恩跑着离开，说她要去营地拿个东西过来。她很快就又回来，手上拿着一个碗边刻有水獭图案的杨树木大碗。托瑞克帮她把碗放在蕨丛里，那碗闻起来臭臭的，里头全是刺鱼的油脂，上头散布着一坨坨奇怪的黑色斑点。

"由勒非要我用这个碗不可。"芮恩说，"他说狼很特别，因为它们会发出很有力量的乐音。来。"她对狼说，"希望你会喜欢！"

他们礼貌的稍稍走开几步，让狼享用他的食物。他走过去闻了闻那个碗，跟着就开始吃了起来。他很喜欢，没多久，他已经把碗边最后一抹残迹舔得一干二净。

"那些黑黑的小东西是什么？"托瑞克问。

"越橘干。"芮恩说。

就在那一瞬间，托瑞克把有关食魂者的种种全丢到脑后，并且笑了。

作者的话

托瑞克的世界是在六千年前：在冰河时期之后，农耕之前，当时整个西北欧依然都是浓密的森林。

托瑞克世界里的人看起来和你我并没有两样，只是他们的生活方式完全不同。他们还没有文字、金属和轮子，不过他们并不需要这些。他们是卓越的求生者，他们对森林里的动物、岩石、树木和其他植物都了如指掌。不管需要什么，他们都知道去哪里找或如何制作。

他们住在小氏族里，大部分的人总是到处迁徙：有些甚至在一个扎营处只停留几天，像狼族；有些则会待上一个月或一季的时间，像乌鸦族和柳族；有些则整年待在同样的地方，像海豹族。也因此，在《冰地遇险》事件发生之后，有些氏族已经迁移到他处，从附录地图即可一窥究竟。

我在寻找《湖区蛇影》的数据时，曾到挪威北部的斯多尔松湖住了一段时间。我十分幸运，能在春天的森林里漫步，并且听到麋鹿的吼声，发现一片完整的林间空地，以及海狸完成的水坝系统。我还在一处麋鹿保护区和几头麋鹿（在北美通常称为北美红鹿）近距离的接触，它们有的是刚出生五天的小可爱，另有一头刚满一岁，已被凶暴的母亲遗弃，样子看起来十分哀怨。

至于疗愈之泉的石刻，我是由斯多尔松湖附近的格罗沙岩刻群得来的灵感。据说那里的岩刻，就是托瑞克那个时代的先民所留下的；另外，我在那里也见到复制得足可乱真的石器时代的衣服、乐器、武器，以及麋鹿皮皮划。

为了和幼狼接近，我认识了几只由英国野狼保护基金会看护的小狼，我拿奶瓶喂它们喝奶，陪它们玩——最有意思的是，我一边看它们玩耍互动，一边发现它们成长的速度快得惊人。只短短几个月间，它们已从小小的一团蓬松的狼毛，长大成壮硕狂猛的狼。

为了感受蛇的触感，我到朗利特见到了几条蛇，我摸了一条非常美丽的玉米蛇，以及两条华丽高贵，令人好奇的巨蟒。之前我一直不很明白蛇何以美丽迷人，但就在我抓着一条蛇，任凭它打量我，把舌头轻弹到我脸上时，我终于懂得了蛇之美。

我要感谢英国野狼保护基金会的每一个人，让我能在这些幼狼成长的过程中和它们做朋友；感谢奥维肯的松恩·海格马克，与我分享他在麋鹿方面的丰富知识，并且让我亲近他救回来的大小麋鹿；感谢克鲁库姆和厄斯特松德旅游信息中心帮了我大忙的可爱的诸位，让我能去到格罗沙，并且还在一个很有气氛的大冷天带我到处参观；感谢伦敦塔"纽曼乌鸦王"计划的负责人德瑞克·寇理先生，和我分享他对某些特殊乌鸦的丰富知识和经验；感谢朗利特的达伦·毕思理，以及金恩·塔克，介绍我认识了好些绝美迷人的蛇。

一如往常，我要谢谢我的经纪人彼得·卡克思，感谢他长期以来不曾稍减的热情与支持；也要谢谢我的好编辑，同时也是发行人的费欧娜·肯尼迪，感谢她的想象力、付出，以及善解人意，最后感谢把此书引进中国大陆的版权经纪人周长遐。

米雪儿·佩弗